Die Belagerung von Leningrad

Ein Roman aus dem Zweiten Weltkrieg

Richard G. Hole

Die Belagerung von Leningrad
Ein Roman aus dem Zweiten Weltkrieg

Richard G. Hole

Zweiter Weltkrieg

ZUSAMMENFASSUNG

Schwere Artillerie hatte begonnen, auf den Stadtrand von Leningrad zu schießen, kaum zehn Kilometer von der Frontlinie entfernt. Die riesige Stadt, die mehrere Monate lang von den eisernen Divisionen der "Wehrmacht" belagert wurde, litt unter dem ständigen Hämmern von Langstreckengeschützen, schweren Mörsern und Bomben von "Stukas" und "Heinkels" und wartete auf den entscheidenden Moment in dieser überwältigenden Weg, die Grenadiere würden wie eine unaufhaltsame Welle den Angriff starten und die letzten Verteidigungsschanzen zerstören ...

Die Belagerung von Leningrad ist eine Geschichte aus der Sammlung des Zweiten Weltkriegs, einer Reihe von Kriegsromanen, die im Zweiten Weltkrieg entwickelt wurden.

DIE BELAGERUNG VON LENINGRAD

KAPITEL I

Die Nacht war düster und kalt. Große regenbeladene Wolken bedeckten den Himmel, und zwischen ihnen ragte ein blasser Mond auf, der das komplizierte Labyrinth aus Gräben und Stacheldraht in Abständen mit seinem geisterhaften Schein erhellte. Glühende Raketen stiegen in die Luft und explodierten in gelblichem Schimmer, als Maschinengewehre rasselten und einzelne Schüsse von Wachen auf ihren Brüstungen ertönten. Auf Kolpino donnerte die Artillerie seit Einbruch der Dunkelheit.

Die geröteten Augen des Gefreiten Fritz Rinner suchten die Dunkelheit ab. Das Maschinengewehr, dessen Diener er war, ruhte neben ihm, bereit zum Einsatz. Vor ihm brach der Boden in eine Reihe von tückischen, grasbewachsenen Mulden, aus denen der Nebel in weiten Streifen aufstieg. Große Trichter, verursacht durch die Explosion großkalibriger Granaten, bedeckten das Gelände um sie herum. Rinner konsultierte seine leuchtende Zifferblattuhr. Es war noch eine Stunde bis zu seiner Erleichterung. Eine ununterbrochene Prozession von Beschwörungen und Erinnerungen ging durch sein Gehirn. Seine Augenlider waren schwer von der langen Wachheit, und er sehnte sich nach dem Moment, in dem er sich auf seine harte Pritsche legen konnte, um einen kurzen Schlaf zu vermeiden.

Zu seiner Linken kam das Geräusch von Schritten, die sich durch den schlammigen Graben näherten. Es war der Sergeant, der in seinem Sektor herumlief und die Posten inspizierte.

„In Ordnung", informierte Rinner ihn, wobei er darauf achtete, nicht von vorne wegzuschauen, denn das hätte ihm einen guten Verweis von seinem Vorgesetzten eingebracht.

"Wir werden es bald haben", antwortete er. Das Hauptquartier hat uns gerade mitgeteilt, dass die Wahrenfels-Patrouille heute Nacht zurückkehrt, nachdem sie zwei Tage im Rücken der feindlichen Linien verbracht hat. Genau von dieser Position aus werden sie ihren Einstieg vornehmen. Das Passwort lautet "Sebastopol". Sobald Sie identifiziert sind, weisen Sie auf den Pfad hin, der im Zaun zu Ihrer Rechten vorhanden ist. Und seien Sie sehr vorsichtig, wenn Sie verwirrt sind und eine Explosion auf sie werfen ... huh, Showrenco?

Der Sergeant ging weg, Rinner rollte den Kragen seines Feldmantels hoch und bereitete sich auf das lange Warten vor. Die Minuten vergingen langsam. Schwere Artillerie hatte begonnen, auf den Stadtrand von Leningrad zu schießen, kaum zehn Kilometer von der Frontlinie entfernt. Die riesige Stadt, die mehrere Monate lang von den eisernen Divisionen der "Wehrmacht" belagert wurde, litt unter dem ständigen Hämmern von Langstreckengeschützen, schweren Mörsern und Bomben von "Stukas" und "Heinkels" und wartete auf den entscheidenden Moment in dieser überwältigenden Weg würden die Grenadiere wie eine unaufhaltsame Welle in den Angriff starten und die letzten Verteidigungsanlagen niederreißen.

Es wäre ungefähr eine endlose halbe Stunde gedauert, als Gefreiter Rinner glaubte, vor sich das unverkennbare Geräusch vorsichtig näherkommender Schritte wahrzunehmen. Er spitzte die Ohren und stand regungslos da, seine Nerven angespannt. Nach einer kurzen Pause des Schweigens waren die Schritte näher zu hören. Der Mond war untergegangen und die Sicht war praktisch null.

„Groß!", schrie Rinner und trat mit einem Finger am Abzug hinter das Maschinengewehr." Wer lebt...?

"Deutsche Patrouille" antwortete eine Stimme, und dann ": Sewastopol!

"Der Pass ist zehn oder zwölf Meter links von dir", warnte Rinner.

Der Soldat, der zweifellos auf Erkundungsmission war, begutachtete das Gelände und fuhr dann los, um sich bei den anderen zu melden. In wenigen Minuten näherte sich die gesamte Patrouille. Die beschuhten Stiefel des Grenadiers machten einen dumpfen Aufprall, als sie auf dem harten Boden aufschlugen, ihre Hufe glänzten schwach, vom Schein der Raketen verwundet, und ihre Feldausrüstung klingelte leise und oszillierte in ihrem rhythmischen Tempo. Der erste, der in den Graben sprang, war Leutnant Wahrenfels. Ihnen folgten der Korporal und die sieben Grenadiere und das Feldwebel bildeten den Rücken. Engerling. Der Leutnant war groß, schlank und schlank. Unter seiner gut geschnittenen Tunika konnte man jedoch starke und feste Gliedmaßen erkennen. In seinem energischen und lebendigen Gesicht waren die Augen leuchtend und voller Leben, geschützt durch das Glas der Metallbrille. Seine Gesten und seine Stimme zeigten, dass der Anführer in der Lage war, sein Volk mit dem einzigen Ansporn seiner überwältigenden Persönlichkeit zu den unglaublichsten Taten zu ziehen. Während des ukrainischen Feldzuges und an der Spitze seiner Patrouille war er immer der erste gewesen, der die feindlichen Befestigungen im hinteren Teil der Frontlinie angriff und den Boden für die Einheiten bereitete, die später die Aktion konsolidierten. Ausgestattet mit einem Herz aus Stahl, unzugänglich für Furcht oder Schwäche, brachen seine Befehle im Lärm der Explosionen und dem Geklapper von Maschinengewehren und dem Summen von Flugzeugen, als Kugeln in gieriger Suche nach schwieriger Beute um ihn herum zischten. Auf dem Kommandoposten der Division galt er als rücksichtsloser und mutiger Anführer, der ohne Angst vor Misserfolgen mit den schwierigsten Missionen betraut werden konnte. Er war im Besitz einer Vielzahl von Orden und trug auf seiner Brust das Kostbarste: ein Eisernes Kreuz erster Klasse, das er während der Belagerung und Übergabe einer sehr wichtigen Panzerfestung erhalten hatte.

Der "Feldwebel" Engerling war die Art von Berufssoldat, von kompromisslosem Mut und kompromissloser Loyalität, fähig zu den außergewöhnlichsten Aktionen ohne ein spöttisches Grinsen auf seinem von Schießpulver geschwärzten Gesicht.

Die sieben Grenadiere und ihr Gefreiter Schäfer bildeten eine kompakte, disziplinierte und schlagkräftige Truppe. Sie alle wurden mit größter Sorgfalt ausgewählt und extrem harten Tests unterzogen, bevor sie Teil dieser Patrouille wurden, die bereits in der gesamten Division berühmt war und deren Leistungen von den Truppen als etwas Fabelhaftes und Legendäres kommentiert wurden. Sie sahen beeindruckend aus in ihren hohen, schlammbedeckten Stiefeln, ihren ledergebundenen Tuniken, ihren Helmen, die durch den Kinnriemen am Kinn gehalten wurden, und ihrer leichten und effizienten Bewaffnung, bestehend aus einer speziell angefertigten "Maschinenpistole", einer vorschriftsmäßigen Pistole, einer Mango und einem Ei am Gürtel verteilte Bomben und eine gut geschärfte Machete, die sie nur in Notfällen einsetzten oder wenn es zweckmäßig war, den Gegner mit möglichst geringem Lärm zu eliminieren.

Diese Männer, die es gewohnt waren, dem Tod ins Gesicht zu sehen, zitterten nie. Ein verächtliches und ironisches Lächeln verschwand nie von ihren Lippen, während sie fieberhaft ihre Waffen schwangen, mit treffsicheren Salven durch die feindlichen Reihen bahnten oder wenn sie wie lauernde Wölfe stundenlang die Bewegungen des Feindes ausspionierten, um sich auf die Aktion genau im Moment des Ertönens des Befehlsbefehls.

Unter ihnen ragten drei Grenadiere durch ihre Kraft und Persönlichkeit heraus, die alle die Unzertrennlichen nannten. Sie hießen Bert Seidel, Alf Voss und Rudi Main und bildeten den Grundstein, auf dem die Gesamtorganisation der Patrouille ruhte. Sie waren seit Beginn des Feldzugs zusammen und wurden vom Leutnant nicht nur wegen ihrer außergewöhnlichen körperlichen Fähigkeiten, sondern auch wegen ihres lockeren und aggressiven Charakters und wegen ihrer guten Laune und Herzlichkeit, ein Beweis für alle Widrigkeiten, ausgewählt. Sie erfreuten sich im ganzen Regiment grenzenloser Beliebtheit und waren sowohl für ihre Heldentaten als auch für ihre Witze, ihr Genie und alle Arten von Kühnheiten bekannt.

Bert Seidel, ein ehemaliger Büroangestellter aus München, war von normaler Größe, aber von sehr kräftiger Statur und großer

Ermüdungsresistenz. Sie hatte ein etwas kindliches Gesicht, sehr ausdrucksstarke braune Augen, braunes Haar und eine breite und kräftige Brust, die sie sich in härtesten Sportarten angeeignet hatte. Alf Voss, musste die Klassenzimmer der Universität verlassen, um sich einer Einheit anzuschließen, die bald an die Front ging. Etwas größer als Bert, sah er äußerst gesund und temperamentvoll aus. Mit gebräunter Haut und schwarzen Augen hätte man ihn für einen Südstaatler halten können. Dabei stammte er aus einer alten Hannoverschen Familie und zeichnete sich durch seine vorzügliche Erziehung und äußerst korrekte Umgangsformen aus. Rudi seinerseits, der Größte der drei, war von ungewöhnlicher Statur. Seine blauen Augen ragten aus einem Gesicht mit hervortretendem Kiefer heraus, und sein robuster Hals ruhte auf einem breiten, muskulösen Sportler. s Schultern, die die außergewöhnlichsten Lasten tragen können. Über seine breite Stirn fielen die blonden Locken seines ständig zerzausten Haares. Mit einem lebhaften und durchdringenden Blick besaß er eine äußerst wache Intelligenz. In seiner Freizeit hatte er sich dem Russischstudium gewidmet und es perfekt beherrscht, und dies war ein unschätzbarer Vorteil für die Patrouille, da bei vielen Gelegenheiten ein Wort, das in einem reinen Landesakzent ausgesprochen wurde, wirksamer gewesen war als die Wirkung von Handbomben oder Maschinenpistolen. Über seine breite Stirn fielen die blonden Locken seines ständig zerzausten Haares. Mit einem lebhaften und durchdringenden Blick besaß er eine äußerst wache Intelligenz. In seiner Freizeit hatte er sich dem Russischstudium gewidmet und es perfekt beherrscht, und dies war ein unschätzbarer Vorteil für die Patrouille. denn bei vielen Gelegenheiten war ein Wort, das mit einem reinen Landesakzent ausgesprochen wurde, wirksamer gewesen als die Wirkung von Handbomben oder Maschinenpistolen. Über seine breite Stirn fielen die blonden Locken seines ständig zerzausten Haares. Mit einem lebhaften und durchdringenden Blick besaß er eine äußerst wache Intelligenz. In seiner Freizeit hatte er sich dem Russischstudium gewidmet und es perfekt beherrscht, und dies war ein unschätzbarer Vorteil für die Patrouille, da bei vielen Gelegenheiten ein Wort, das in einem reinen Landesakzent ausgesprochen wurde, wirksamer gewesen war als die Wirkung von Handbomben oder Maschinenpistolen. Mit einem lebhaften und durchdringenden Blick besaß er eine äußerst wache Intelligenz. In seiner Freizeit hatte er sich dem Russischstudium gewidmet und es perfekt beherrscht, und dies war ein unschätzbarer Vorteil für die Patrouille, da bei vielen Gelegenheiten ein Wort, das in einem reinen Landesakzent ausgesprochen wurde, wirksamer gewesen war als die Wirkung von Handbomben oder Maschinenpistolen. Mit einem lebhaften und durchdringenden Blick besaß er eine äußerst wache Intelligenz. In seiner Freizeit hatte er sich dem Russischstudium gewidmet und es perfekt beherrscht, und dies war ein unschätzbarer Vorteil für die Patrouille, da bei vielen Gelegenheiten ein Wort, das in einem reinen Landesakzent ausgesprochen wurde, wirksamer gewesen war als die Wirkung von Handbomben oder Maschinenpistolen.

Der Leutnant vertraute ihnen voll und ganz und zögerte nie, sie mit den schwierigsten Operationen zu betrauen, in der Gewissheit, dass sie die schrecklichsten Prüfungen bestehen würden.

Sie stellten sich auf, und der Leutnant gab ihnen eine kurze Überprüfung.

„Alles in Ordnung, Jungs", sagte er ihnen. Nun, um sich auszuruhen, wie wohlverdient wir es haben ... Das heißt, wenn sie uns lassen.

"Ich habe eine Idee, mein Leutnant", sagte Rudi, dem der Patrouillenführer manchmal gewisse Vertraulichkeiten zuließ. Warum begleitet uns nicht einer dieser Idioten vom Generalstab, die ihr Leben lang Operationen planen, bei jedem unserer Ausflüge? Vielleicht so...

"Eine ausgezeichnete Idee", erwiderte der Vorgenannte und unterbrach ihn. Aber würden Sie gerne acht oder neun Stunden am Tag an einem Tisch sitzen, umgeben von Plänen und Buntstiften? Kein

Recht? Naja, jedem das Seine, Rudi... Und nun unterwegs, dass das Wetter Regen droht.

Die Patrouille machte sich auf den Weg zum Kommandoposten, den Graben voraus, und verschwand bald in einer Kurve darin.

KAPITEL II

Die Taverne des alten Ivan befand sich an der Hauptstraße von Novo-Litka. Das Dorf, das hauptsächlich aus hölzernen "Isbas" bestand, erstreckte sich zu beiden Seiten der Hauptstraße Leningrad-Vilnius, auf der die langen Lastwagenkarawanen, die den Dienst zwischen den Hecken leisteten, Tag und Nacht unermüdlich fuhren. und vorne.

Der Platz war der Treffpunkt für die Soldaten mit Erlaubnis, die ihn zu jeder Stunde vollständig ausfüllten und die Atmosphäre mit dem dicken Rauch von Zigaretten und Pfeifen nicht einatmen ließen, während der Lärm der Gespräche nicht einen einzigen Moment aufhörte.

Katia, die Tochter des Wirts, lief zwischen den Tischen umher, aufmerksam auf die Wünsche der Gäste. Sie war eine große und schlanke Blondine mit einem ausdrucksstarken Gesicht, aus dem strahlend blaue Augen mit einem einladenden und verschmitzten Ausdruck hervorstachen, und einen Mund mit prallen roten Lippen, immer zu einem strahlenden Lächeln geöffnet. Sie war Anfang zwanzig und ihr Charme zog die Stammgäste an und fesselte sie, von denen einige ihre frische und einladende Schönheit mit mehr als nur Bewunderung betrachteten. Doch Katia, ein Mädchen von narrensicherer Förmlichkeit, ließ niemandem den geringsten Respekt entgegen, auch wenn sie für alle ein freundliches Wort oder eine freundliche und herzliche Geste hatte.

Alf, Bert und Rudi betraten die Taverne. Sie hatten ihre Militärausrüstung abgelegt, und mit aufgeknöpftem Kriegerkragen, der Mütze über ein Ohr gedreht und der Pistole am Gürtel hängend, sahen die drei Athleten, gebräunt von Sonne und Schnee langer Feldzüge, tüchtig aus. zu bewegen, wie viele weibliche Herzen sie auf ihrem Weg finden werden.

Sie saßen an einem Tisch in der Mitte des Raumes, der in diesem Moment leer war, und beobachteten kurz die Menge. Katia kam fürsorglich, um ihnen zu dienen.

„Was wollt ihr trinken? Fragte Bert. Heute bin ich derjenige, der einlädt.

„Ich für meinen Teil glaube nicht, dass ich selbst mit einem Liter Wodka genug haben werde. Ich muss nach unserem letzten Streifzug den Schießpulvergeschmack aus meinem Mund bekommen.

Katia, die perfekt Deutsch verstand, warf Rudi einen bewundernden Blick zu, der mit einem Augenzwinkern und einem Lächeln erwiderte.

„Was sagst du mir, Schatz?" fragte er, nahm sie am Handgelenk und fügte in perfektem Russisch hinzu:

Monoga-Krashiva. Lubliets Minja?

Sie schlug ihm in den Nacken.

"'Stoj!" "Sie hat geantwortet, und dann auf Deutsch, damit alle es verstehen." Wozu kommen diese Vertrautheiten bei mir? Bin ich deine Freundin?

„Nein, aber das könntest du sein", antwortete Rudi, zog sie zu sich und machte eine Geste, sie zu küssen.

Eine Gruppe von drei Tankern beobachtete die Szene vom Nebentisch aus. Sie waren groß und stark, mit dem verwitterten Gesicht und dem aggressiven und zähen Ausdruck, der die Soldaten einer Waffe auszeichnete, die vom Ruhm der weitläufigen Vorstöße, der spektakulären Offensiven und der Massenangriffe umgeben war, während die Kanonen Schrapnell um ihre Monster spuckten. aus Stahl. Sie trugen die schwarze Uniform seines Korps und schmückten ihre charakteristischen Baskenmützen mit einem silbernen Totenkopf, einem Symbol des Mutes und der Verachtung des Todes. Offenbar hatte einer von ihnen bisher Katias Vorlieben genossen, und als er Rudis Haltung beobachtete, überkam ihn ein Wutanfall. Die Rivalität zwischen Panzerfahrern und Infanteristen war in der Armee traditionell, da erstere als dem Rest der Truppe überlegen galten.

Wer ist der Typ? Der Tanker brummte und warf Rudi einen hasserfüllten Blick zu.

Der Grenadier hob scharf den Kopf und starrte seinen Rivalen mit zurückhaltender Ruhe an.

„Du denkst, du bist ein großer Eroberer, richtig? "Der andere, ermutigt weiter." Hör auf, das Mädchen zu stören!

„Ich glaube nicht, dass Katia sich an meiner Seite gestört fühlt", kommentierte Rudi mit einem ironischen Lächeln. Zumindest sollte er kein Affengesicht wie Ihres ansehen.

Der Tanker stand pfeilschnell auf, drehte sich zu Rudi um und entfesselte einen Schlag, dem er auswich, sodass er gegen den Tisch stürzte. Flaschen und Gläser fielen zu Boden. Ohne ihm Zeit zu lassen, sich zu sammeln, packte Rudi ihn an der Hüfte und warf ihn auf seine beiden Begleiter. Bert und Alf ihrerseits bereiteten sich auf einen Angriff vor. Die Tanker keuchten vor Wut. Mit großer Gelassenheit erwarteten die drei Grenadiere den Massenansturm ihrer Gegner. Rudis Rivale gewann an Schwung und warf sich auf ihn mit der Absicht, ihn gegen eine Wand zu schmettern. Aber Rudi, lange Zeit in einem Berliner Fitnessstudio trainiert, kannte eine ganze Reihe von Schlüsseln und ist der Meinung, dass es jetzt an der Zeit sei, sich zu bewerben. Er trat im richtigen Moment beiseite, drehte leicht seine Taille und packte den Tanker an einem Arm, Er warf ihn sauber über die Schulter, und schlug ihn auf den harten Holzboden, der bei dem Aufprall zitterte. Bert hatte seinen Feind besiegt und schlug ihn nach Belieben. Alf und der dritte Tanker waren ihrerseits in einen Nahkampf verwickelt, in dem beide hervorragende Schläge erhielten und ausführten.

Rudis Gegner sprang auf. Sein Gesicht war blutüberströmt und seine Uniform an mehreren Stellen zerrissen. Ein gewaltiger Direct warf Rudi gegen die Wand. Eine der Deckenlampen zerschellte. Der

Grenadier zuckte wie unter schrecklichen Schmerzen zusammen, und gerade als der andere auf ihm lag, schlug er ihm mit einem gewaltigen Schlag in den Bauch. Der Tanker stöhnte. Zwei weitere direkt, einer zum Gesicht und der andere zur Seite, waren kurz davor, mit ihrem Rivalen fertig zu werden. Der Kampf musste entschieden werden. Alf hatte seinen Gegner in die Enge getrieben und Bert war dabei, seinen Gegner entschieden zu Fall zu bringen.

„Verdammter Angeber! Der Tanker brüllte, baute sich wieder auf und war bereit, weiterzufahren.

Aber sein letzter Ansturm endete mit dem durchschlagendsten Misserfolg. Rudi hatte auf seine kleinsten Bewegungen aufmerksam gewartet und als er sich auf ihn stürzte, wich er leicht zur Seite aus und verband ein Bein mit seiner rechten Wade und brachte ihn mit einem gewaltigen Schlag zu Boden. Er wollte gerade auf ihn springen, um seinen Sieg zu vollenden, als Katia, die die Szene voller Angst betrachtete, rief:

„Pass auf! Eine Überwachungspatrouille kommt!

Der Tanker stand halb bewusstlos auf, und alle hörten aufmerksam auf. Draußen ertönten hastige Schritte. Die Tür wurde aufgeschlagen und ein Überwachungstrupp stürmte das Gelände. Der Korporal starrte stirnrunzelnd auf das Wrack. Seine Soldaten hatten die Anwärter bereits getrennt und brachten Ordnung in den angeschlagenen Einheimischen.

„Wunderschön!" rief er wütend aus. „Und das nennst du Ruhe? Ihr alle verdient es, zu einem Strafkommando zu gehen!" Er zeigte auf die Tanker. „Auf eure Unterkunft! Grenadiere", begeben Sie sich in die Kaserne, bevor der Leutnant erfährt, was gerade passiert ist.

Rudi hatte einen gewaltigen Kratzer im Gesicht. Katia näherte sich besorgt mit einem sauberen Handtuch, das sie in etwas "Wodka" tauchte und auf die Wunde auftrug.

„Tut es sehr weh?" fragte er zärtlich.

„Oh! Das ist doch nichts", prahlte Rudi und nutzte die Verwirrung aus, die noch im Ort herrschte, fügte er leise hinzu Jetzt, bei der Brücke?

Das Mädchen sah links und rechts verwirrt aus und antwortete nach kurzem Zögern:

"Gut. Ich werde sehen, ob ich mich entwischen kann.

KAPITEL III

Der Tag war hell und strahlend angebrochen. Ein wahrer Frühlingstag, auch wenn der Winter naht. Frühmorgens stellte sich die Patrouille mit vollen Waffen vor der Kaserne auf. Das "feldwebel" rezensiert. In wenigen Augenblicken erschien der Leutnant lächelnd und dynamisch, völlig erholt von der Müdigkeit der letzten Tage.

"Boys" sagte einmal ganz fest und in Silikon. Das Hauptquartier hat es für angebracht gehalten, uns zu unserem letzten Überfall zu gratulieren. Ich freue mich, Ihnen mitteilen zu können, und hoffe, dass diese Patrouille des Ruhmes, den sie sich so verdient hat, niemals unwürdig wird. Jetzt gehen wir zum Sport aufs Feld, denn wie ihr alle wisst, müssen wir uns immer fit und einsatzbereit halten. Wenn Sie sich gut benehmen, steht Ihnen der Nachmittag zur freien Verfügung.

Ein kurzer Befehl und die Patrouille machte sich auf den Weg. Sie überquerten die Brücke, auf der sich Rudi und Katia in der Nacht zuvor zum ersten Mal begegnet waren. Der Grenadier sah leicht verträumt aus.

„Diese Frau macht ihn wütend", kommentierte Bert.

"So haben wir ihn noch nie gesehen", fügte Alf hinzu. Verlieren Sie Fähigkeiten?

Am Stadtrand angekommen, wählte der Leutnant ein zerklüftetes und teilweise von hoch aufragendem Gras bedecktes Gelände.

Zuallererst ", sagte er", wir werden eine Simulation des Nahkampfes durchführen ... Mir scheint, dass Sie etwas vergessen haben, und es schadet nicht, dass wir diesen wichtigen Teil unserer ein wenig ausüben Aufgabe.

Ein allgemeines Lachen brach in den Reihen aus.

„Was zum Teufel ist mit ihnen los? fragte der 'Feldwebel' und wandte sich an den Offizier.

"Ich weiß es nicht", antwortete der Leutnant mit einem rätselhaften Lächeln. Aber natürlich wissen sie, was gut ist. Nun, " fuhr er fort und verbarg seine Belustigung ein wenig." Ihr werdet euch in zwei Seiten teilen und euch gegenseitig bösartig angreifen, wie echte Wilde. Du hast mich verstanden? Sehen Sie niemanden schwanken oder "weich" spielen. Denken Sie, dass die Person vor Ihnen der Feind selbst ist, und schütteln Sie ihn mit aller Kraft.

Die beiden Seiten wurden sofort gebildet. Einer von ihnen wurde vom Feldwebel kommandiert, der andere vom Korporal. Letztere bestand aus Bert, Rudi und Alf. Sie zogen ihre Tuniken aus und ihre athletischen Oberkörper glänzten in der Sonne. Rudi trainierte seine Muskeln und zeigte einen Bizeps, der mit denen des härtesten und erfahrensten Profiboxers konkurrieren kann.

Auf ein Signal hin trennten sich die beiden Seiten, standen einander gegenüber, bereit zum Angriff. Rudi bedrohte seine Rivalen und nannte sie "kleinlich" und "dürr". Aber die vom Feldwebel Engerling kommandierte Gruppe sah großartig aus mit ihren sonnenverbrannten Grenadieren, die bereit waren, diese Angeber kühn zu erschüttern.

Der Leutnant stand auf einer Erhebung am Boden und sagte:

„Bleiben Sie gespannt auf die Pfeife. Eine Berührung bedeutet, anzugreifen. Zweitens, hör auf mit dem Kampf. Und denken Sie daran, dass Sie so tun werden, als ob Sie wirklich dem Feind gegenüberstehen würden. Ihr müsst euch gnadenlos schlagen. Es spielt keine Rolle, ob Sie sich gegenseitig verletzen. Sie werden dich später im Medizinschrank heilen.

Er hob die Pfeife an die Lippen. Eine lange Berührung, und alle stürzten sich ins Getümmel, brüllend und "hurra!" Der Corporal packte den ersten Gegner an der Hüfte und die beiden rollten sich im Gras und schlugen sich mit echter Wut. Alf, Bert und Rudi dachten nicht über Methoden nach oder planten ihren Angriff. Der Feind war über ihnen, und es war notwendig zu zeigen, dass sie nicht umsonst im Regiment "die unzertrennlichen Drei" genannt wurden. Sie bildeten mit ihren Körpern eine Steinmauer und ihre drei Gegner krachten dagegen, ohne sie in irgendeiner Weise niederreißen zu können. Es war für sie nutzlos, die verschiedenen Kampfsysteme, die sie im Laufe des langen Kampfes gelernt hatten, in die Praxis umzusetzen. Rudi, Alf und Bert blieben auf ihren Posten und innerhalb von Minuten war die Initiative in ihre Hände übergegangen. Rudi nutzte einen Moment der Verwirrung, packte zwei seiner Rivalen am Hals und ließ ihre Köpfe mit einem kräftigen Ruck heftig aufeinanderprallen. Die beiden Grenadiere stürzten mit Prellungen zu Boden. Bert und Alf nutzten diese kurze Atempause, um sich mit dem Taschentuch die verschwitzten Stirnen abzuwischen. Der dritte Gegner wollte gerade in die Offensive gehen, als zwei Pfiffe deutlich in die ruhige Morgenluft ertönten.

"Eine Viertelstunde Pause", verkündete der Leutnant. Dann machen wir weiter.

Die Grenadiere saßen im Gras, Rudi holte eine Zigarette heraus und zündete sie an.

„Hast du in all dem nicht etwas Seltsames gesehen?", fragte er seine beiden Gefährten. „Was wird aus diesem Eifer, uns buchstäblich auseinanderreißen zu lassen? Hat dir ein Schnatz von gestern erzählt und wollte uns eine Lektion erteilen?

„Hey... na ja es ist wahr, so bösartig haben wir ihn noch nie gesehen", murmelte Bert nachdenklich.

Alf berührte Rudi mit dem Ellbogen und wies ihn auf einen Weg, der nicht weit entfernt war. Eine weibliche Gestalt beobachtete sie aufmerksam. Rudi sprang. Es war Katia, die vom Wäschewaschen im Fluss zurückkam.

„Hör mir einen Moment zu", sagte er ihnen. Pass auf, dass sie mich nicht sehen. Ich werde ein paar Minuten mit ihr plaudern.

„Ich würde diese Dummheit an deiner Stelle nicht tun", riet Bert ihm. Wenn der Leutnant Sie sieht, wird er Ihnen ein Paket überreichen, an das Sie sich noch lange erinnern werden. Sie wissen, wie es in diesen Disziplin-Dingen ist.

"Bah! Es macht mir nichts aus. Außerdem bin ich allein, wenn ich es nehme. Ich bin in Kürze zurück. Nur ein paar Worte. In der Zwischenzeit, wenn sie nach mir fragen, verstecken Sie sich so gut Sie können. Zustimmen?

„Okay", grummelte Bert. Aber seien Sie vorsichtig und verweilen Sie nicht zu lange ... obwohl ich zugebe, dass Katia in der Lage ist, das Gehirn eines jeden zu stören.

„Der arme Mann ist karamellisiert wie ein Schuljunge", kommentierte Alf mitleidig.

Rudi klopfte ihnen auf die Schulter und ging weg, kauerte durch das Gras, gerade als der Leutnant wegsah. Die junge Frau erschrak, als sie ihn vor sich aus dem Gebüsch auftauchen sah. Rudi redete nicht um den heißen Brei herum. Er nahm sie bei den Händen und zog sie zu sich und fragte sie:

„Werden wir uns heute Abend treffen... auf der gestrigen Seite? Recht? Wenn Sie nein sagen, kann ich vor den Grenadieren kreuzen, wenn sie auf das Ziel schießen.

Sie starrte ihn ekstatisch an. Er tätschelte die Muskeln in seinem Arm und stieß einen bewundernden Gesichtsausdruck aus.

„Stark, ja? "Rudi hat geprahlt." Nun, sieh mal" und er streckte seine Brust heraus und wölbte sie, bis es aussah, als würde sie explodieren.

„Tut deine Wunde weh?" fragte Katia und streichelte sanft die Stelle an ihrer Wange, wo sie nun ein weißes Pflaster trug.

„Welche Wunde?" sagte Rudi und tat so, als ob er es nicht bemerkte. Genau in diesem Moment war ein Zischen zu hören.

„Es ist Bert, der mich warnt. Ich muss los. Nun, Katia, bis zum Abend. Wahrheit?

"Bis zur Nacht.

Und Rudi ging mit den gleichen Vorsichtsmaßnahmen, mit denen er sich ihm genähert hatte. Genau in dem Moment, als er neben seinen Gefährten stand, befahl der Leutnant:

„Bereit, die Übung fortzusetzen...! Aber ich merke dich etwas müde, besonders Rudi, Bert und Alf.

„Sind wir müde?", sagte Rudi. „Du kennst uns nicht, mein Leutnant ...

„Mir scheint, ich kenne dich zu gut. Nun, platzieren Sie die Ziele und wir werden Treffsicherheitsübungen mit den Maschinenpistolen durchführen.

Der Befehl wurde ausgeführt, und bald ertönte eine Reihe von Böen, die die ruhige Atmosphäre des Morgens erschütterten.

KAPITEL IV

Major Braun, Kommandant des 3. Bataillons, unter dessen direktem Befehl die Patrouille stand, hatte seine Unterkunft in einer "Isba" in unmittelbarer Nähe der Straße. Ein mit einer Maschinenpistole und mehreren an seinem Gürtel befestigten Handbomben bewaffneter Posten stand Wache vor der Tür.

Als der Wachtposten Lieutenant Wahrenfels näher kommen sah, rappelte er sich steif auf und machte sich den Weg frei. Ein Pfleger kam schnell.

„Der Major erwartet Sie, mein Leutnant. Bitte hier drüben.

Der Leutnant betrat das Gelände der "Isba", das durch einen Vorhang, der es von einem Teil zum anderen durchquerte, in zwei Abschnitte geteilt war. Im ersten konnte man das Feldbett des Majors und ein paar Toilettenartikel sehen. In den zurückhaltendsten hatte er seine operativen Karten und Pläne auf einem breiten Tisch ausgelegt.

Leutnant Wahrenfels wartete respektvoll auf die Einladung seines Chefs, was der Major tat, indem er den Vorhang halb öffnete und sagte:

„Los, Lieutenant. Wir müssen reden.

Major Braun war ein Mann von überragender Statur, stark und gesund. Er war in den Vierzigern und hatte eine gewisse Prägnanz in seiner ganzen Person sowie eine ungewöhnliche Energie und Dynamik. Er bedeutete dem Leutnant, sich zu setzen, und reichte ihm eine Schachtel Zigaretten.

„Du rauchst", sagte er. Die Sache, die mich gezwungen hat, Sie anzurufen, ist von größter Bedeutung. Es geht um nichts Geringeres, als unsere Überlegenheit in der Branche zu sichern. Wie Sie vielleicht bereits wissen, befinden sich der erste und zweite Abschnitt der vierten Kompanie auf einem Felsvorsprung vor Novo Skolki. Von dem fraglichen Felsvorsprung aus beherrschen wir die Autobahn Kolpino-Leningrad, was eine Befahrung erschwert oder sogar unmöglich macht. Nun hat der Feind, der zweifellos seinen Verkehr erhöhen will, nach einigen in diesen Tagen beobachteten Symptomen ... und das riecht für mich ziemlich übel, gerade eine Batterie schwerer Mörser zusammengestellt, die uns seit gestern ohne Pause belästigt ... Aber besser Es wird sein, dass wir diesen Plan beobachten "und er übergab dem Leutnant einen, in dem der Feind und seine eigenen Positionen mit verschiedenen Farben gekennzeichnet waren. Er beobachtete den Leutnant,

"In Ordnung, mein Kommandant", sagte Wahrenfels, der im Voraus wusste, worauf diese Präambel hinauslaufen würde. " Und du willst ...

"Werden Sie die Mörser weg", schloss der Major kurz und fügte nach einer kurzen Pause hinzu: Ich glaube nicht, dass es für Ihre Jungs schwierig wird ... es ist das, was sie einen "kleinen Ausflug zum Weiden" nennen. Aber handeln Sie mit Bedacht und ohne viel Aufhebens zu machen. Sie werden mit größter Stille herantreten. Sie werden die Wachen und Batteriediener ausschalten und verzögerte Sprengladungen platzieren. Ziehen Sie sich dann mit maximaler Geschwindigkeit zurück und kehren Sie von genau derselben Stelle zurück, an der Sie begonnen haben ... das heißt, der Felsvorsprung. Unsere Artillerie wird wachsam bleiben, falls es notwendig ist, sie mit einer Eindämmungsbarriere zu schützen. Starten Sie zur Not eine grüne Rakete mit einem verzögerten Fall. Versuchen Sie, schlau zu sein und dass niemand zurückgelassen wird. Wenn Sie einen oder zwei Gefangene mitbringen können, tun Sie dies bitte. Sie dienen immer der Bereitstellung einiger Daten.

Major Braun stand auf. Er machte ein paar Schritte durch den Raum, saugte an seiner Zigarette und fügte hinzu, als der Leutnant aufstand und sich zum Gehen anschickte:

„Du weißt nicht, wie leid es mir tut, deine Ruhe so abrupt unterbrochen zu haben. Aber im vorliegenden Fall brauche ich eine Patrouille, um die Sache in wenigen Minuten zu erledigen, ohne im Sektor Alarm zu schlagen ... Viel Glück, Leutnant "sagte er und reichte ihm die Hand, die der Leutnant kräftig schüttelte." Und wenn er zurückkehrt, hat er vielleicht eine Überraschung für die Jungs.

Der Leutnant salutierte und ging. Auf dem Weg zur Kaserne ging er in Gedanken die Anweisungen durch, die er erhalten hatte, und versuchte, keine Einzelheiten zu vergessen. Als er die Tür des Geländes passierte, erhoben sich die Grenadiere und standen stramm. Rudi, Alf und Bert sahen sich an und machten ein spöttisches Gesicht. Sie wussten genau, worum es ging, bevor ihr Chef den Mund aufmachte.

"Jungen", begann der Leutnant. Ich komme gerade von einem Treffen mit Major Braun ... Und es tut mir leid, Ihnen mitteilen zu müssen, dass die Pause vorbei ist ... zumindest für heute. Wir haben für heute Nacht einen "kleinen Weideausflug". Um 7 Uhr bilden wir uns mit kompletter Ausrüstung am Eingang der Unterkunft. "Feldwebel" Engerling, kümmere dich um Munition und gehe zur allgemeinen Überprüfung. Lass die Jungs ihre Waffen putzen und fetten... und lass niemand die Machete vergessen.

Damit zog sich der Leutnant zurück und griff nach dem Rand seiner Mütze.

„Verdammt! Rudi knurrte. Was zum Teufel soll man jetzt tun? Und ich hatte so eine dringende Angelegenheit...!

Er setzte seinen Hut auf, schnallte hastig seinen Gürtel zu und fügte hinzu:

"Ich komme bald!

„Hey! Wohin gehst du?", fragte Bert und stand auf.

„Wenn sie nach mir fragen, sagen sie, dass ich für ein paar Minuten weg bin, nur um ...

„Ich, an deiner Stelle", unterbrach ihn Alf, „ich würde mich beeilen. Du weißt schon, dass der Leutnant keine Witze zulässt, wenn es nötig ist zu handeln.

„Keine Sorge", sagte Rudi. Sie werden es nicht einmal bemerken.

Und damit ist er verschwunden.

* * *

Katia kam und ging zwischen den Tischen und bediente die ersten Gäste des Nachmittags. Aber obwohl sie anscheinend in ihre Aufgabe vertieft war, flogen ihre Gedanken weit weg zu der männlichen Gestalt von Rudi, die sie sich in diesem Moment auf seiner Pritsche vorstellte ... auch an sie denkend. Aber vielleicht wäre es besser, dieses nutzlose Abenteuer zu beenden. Das Schicksal eines Soldaten ist so ungewiss...! Und wenn Rudi ging, würden sie sich höchstwahrscheinlich nie wiedersehen.

Ein Schatten blockierte die Tür. Katia sah auf. Rudi beobachtete sie von der Tür aus. Die junge Frau lächelte ihn an und er machte ein kurzes Zeichen und lud sie ein.

"Katia" sagte der Grenadier, als sie einmal etwas weit von der "Isba" waren. "Heute abend ... muss ich ausgehen. Wir werden in Kürze abreisen. Aber zuerst möchte ich Sie etwas fragen ... "Er zögerte. Sie sah ihn tief bewegt an. "Ich möchte Ihr Versprechen, dass, wenn irgendein verdammter Tanker "die Zähne zusammenbeißt" mit Ihnen Liebe macht, sich an mich erinnern und ihn ablehnen.

„Versprochen, Rudi", antwortete sie und sah ihm ins Gesicht. Du wirst nicht lange weg sein, oder?

"Ich glaube es nicht. Und wenn ich zurückkomme ...

Sie hielten Händchen.

"Auf Wiedersehen, Katia. Oder besser gesagt, auf Wiedersehen ... "Auf wieder sehen."

"" Dosvidania, Rudi. „Und sei sehr vorsichtig.

„Mach dir keine Sorgen, Süße. Die Wahrenfels-Patrouille ist die glückliche Patrouille.

* * *

Alf und Bert begrüßten ihren Kameraden mit Vorwürfen und Sarkasmus.

"Der 'Feldwebel' hat nach dir gefragt, und wir mussten ihm sagen, dass du was trinken gegangen bist", sagte der erste.

„Nun, wer sagt dir, dass ich es nicht getan habe? Ich war in der Taverne. Und warum in eine Taverne gehen, wenn nicht zum Trinken?

„Hör auf mit Ironien. Wie wäre es mit deinem Russisch? Hast du viel geweint?

"Nicht. Da die Abwesenheit nur kurze Zeit dauern wird ...

„Solange es nicht irgendein Tanker erobert.

„Für Rudi gibt es keine Tanker.

Nun, Jungs. Weniger Gerede "intervenierte das "Feldwebel". Und du Rudi, versuch nicht ohne Vorwarnung zu verschwinden, wie vor kurzem. Ich habe keine Lust auf Komplikationen mit dem Chef.

Um sieben Uhr stellte sich die Patrouille mit der kompletten Ausrüstung vor ihrer Unterkunft auf. Leutnant Wahrenfels erschien mit rigoroser Pünktlichkeit. Seine Inspektion war kurz. Ein Motor brummte, und bald hielt ein Lastwagen vor den Grenadieren.

"Auf! Befahl dem Leutnant.

Sie passten sich bestmöglich an, und in wenigen Minuten bewegte sich der Lastwagen nach vorne, von dem rötliche Blitze kamen, begleitet von dem heiseren Donnern von Artilleriegranaten und dem fernen Geklapper von Maschinengewehren.

KAPITEL V

Als sie etwa vier Kilometer von der Frontlinie entfernt waren, gingen die Sicherheitslichter des Fahrzeugs aus und das Fahrzeug fuhr in völliger Dunkelheit zum Gefechtsstand des Bataillons. Der Leutnant stieg herab, um seinen Vorgesetzten, der vom Oberst des Regiments bereits vorgewarnt worden war, zu informieren. Der Meinungsaustausch war sehr kurz.

"Wir werden bereitstehen, falls es notwendig ist, ihnen zu helfen", sagte Major Baer. Zur Not vergessen Sie nicht, die grüne Rakete zu starten. Das Telefon ist bereit und die Kanonen zielen auf diesen glücklichen, gestärkten Akku.

„Auf Ihren Befehl, mein Kommandant... Und bis wir zurückkehren.

„Tschüss. Viel Glück", erwiderte Major Baer salutierend.

Leutnant Wahrenfels rief seine Männer. Nachdem er sich um ihn versammelt hatte, informierte er sie über die wichtigsten Details der Operation.

"Kurz gesagt", erklärte er, "wir können diesen Einfall als still und effektiv bezeichnen. "Unser primäres Ziel ist es, Wachposten und Besatzungsmitglieder ohne unnötige Aufregung zu eliminieren. Sobald die "Lautsprecher" entfernt sind, werden wir Dynamitladungen an den entsprechenden Stellen platzieren. Der Abzug erfolgt auf die gleiche Weise. Bei Gefahr oder der Feind schlägt Alarm, Schmit wird eine grüne Rakete abfeuern ... und auf Farbverwirrung achten, was, Junge?.

Ein Link war dafür verantwortlich, sie zum Sims zu führen.

"Es wird ein Kinderspiel", sagte der Korporal, als die Gruppe sich auf den Weg machte. Ich wette, wir haben sie schlafend gefunden.

„Ich würde an deiner Stelle nicht zu viel angeben", sagte Bert. Erinnern Sie sich an die Zeit, als ...?

"Ruhe! "Befahl dem Leutnant." Genug der Kommentare! Sobald ich einen sprechen höre, schicke ich ihn zwanzig Meter nach vorn. 'Feldwebel', bitte das Passwort weitergeben: 'Flakbatterie'.

Die Grenadiere rückten vor und versuchten, mit ihren Schritten keinen Lärm zu machen. Als sie die mit Sandsäcken geschützten Außenposten erreichten, bereiteten sie ihre Waffen vor und überprüften die am Gürtel verteilten Handbomben. Auf ein Zeichen des Leutnants hin rückten sie auf den Draht zu. Der Link deutete an sich auf die vorhandene Passage hin, und der Leutnant merkte sich das gut, um sich bei der Rückkehr nicht zu verirren. Die Nacht war düster. Rudi sicherte sich das Magazin seiner "Maschinenpistole".

Einmal im "Niemandsland" verdoppelten sich die Vorsichtsmaßnahmen. Sie gingen geduckt vor. Der Leutnant orientierte sich mit seinem leuchtenden Taschenkompass. Es war notwendig, sich zu nähern, ohne dass der Feind etwas ahnte. Die Batterie befand sich etwa zweihundert Meter vor ihnen, ein wenig links. Eine leuchtende Rakete stieg in die Luft und die Grenadiere warfen sich wie ein Mann zu Boden. Ein Maschinengewehr feuerte über ihren Köpfen eine Explosion ab. Sie zogen weiter. Es war notwendig, den feindlichen Graben zu durchqueren, da die Batterie etwas weiter hinten lag, und dann geräuschlos zurückzugehen. Der Erfolg oder Misserfolg des Unternehmens hing davon ab.

Auf ein Zeichen des Leutnants hin streckten sich die Grenadiere vollkommen reglos am Boden aus.

„Schick einen Späher", flüsterte Wahrenfels dem „Feldwebel" zu.

Dieser tippte dem nächsten Grenadier auf den Arm, der zum Graben kroch. Die Minuten vergingen langsam und machten das kurze Warten zu einer Ewigkeit. Der Entdecker kehrte nach kurzer Zeit zurück.

"Im Graben steht ein Posten Wache", sagte er.

"Wir müssen es beseitigen" war der unverblümte Befehl von Leutnant Wahrenfels.

"Rudi und Bert" murmelte das 'Feldwebel'. Und lassen Sie Alf sie bedecken.

Die beiden Kameraden zwinkerten sich zu und krochen davon, während Alf mit der "Maschinenpistole" im Anschlag hinter ihm glitt. In wenigen Minuten waren sie wieder da.

„Er ist wie ein Küken gefallen", berichtete Bert.

Die anderen lächelten sich an.

"Jetzt können wir uns nicht unterhalten", sagte der Leutnant. Als sie entdecken, dass Sentinel eliminiert wurde, gebe ich keine Zigarette für unsere Haut.

Sie durchtrennten den Draht mit einer speziellen Zange, die mit Isoliergriffen versehen war, um mögliche elektrische Kabel vorwegzunehmen, und dann überquerten sie einen nach dem anderen und sprangen über den unterdrückten Posten. Die Festung war aus etwa zweihundert Metern Entfernung zu sehen, perfekt sichtbar wegen der aufgewirbelten Erde. Wahrscheinlich hatten ein oder zwei Männer dort stationiert, während die anderen in einer nahegelegenen Hütte schliefen.

Der Leutnant hob die rechte Hand, und die Patrouille teilte sich in zwei Gruppen auf, eine unter seinem Kommando und die andere unter dem Feldwebel. Zu letzteren gehörten Rudi, Bert, Alf und der Gefreite. Die erste würde die Wachen eliminieren und mit der Platzierung von Sprengladungen fortfahren. Die zweite zielte darauf ab, die Mörserbesatzung zu vernichten und ein oder zwei Gefangene gemäß den erhaltenen Anweisungen zu nehmen. Die Brigade machte eine Geste und die Gruppe bewegte sich, während die des Leutnants sich in die entgegengesetzte Richtung entfernte. Sie machten einen kleinen Umweg. Nachdem sie hundert Meter zurückgelegt hatten, erkannten sie einen Hügel, der darauf hinwies, dass sich darunter der Unterstand befand. Rudi deutete mit dem Daumen auf sich selbst und der Feldwebel nickte.

Sie krochen vorwärts. Die Stille war absolut. Nur vereinzelt fielen von Zeit zu Zeit einzelne Schüsse. Die beiden Gruppen kamen zusammen, eine auf der Position und die andere auf der Hütte, die sich in unmittelbarer Nähe befand. Als der Feldwebel und seine Männer das Gelände untersuchten, waren zwei Schläge zu hören. Der Leutnant hatte gerade die Wächter der Stücke erledigt. Rudi ging nur zur Tür und öffnete sie vorsichtig, drückte mit dem Lauf seiner »Maschinenpistole«. Drinnen war die Atmosphäre nicht atmend. Fünf Russen schliefen tief und fest und schnarchten. Rudi schüttelte den ersten von ihnen, während er ihm in seiner Sprache befahl:

„Steh auf, Junge! Zur Erleichterung!

Der Soldat stand grunzend auf, schnallte sich, ohne das Licht einzuschalten, sein Halfter um und nahm sein Gewehr. Auf beiden Seiten der Tür stehend, warteten Bert und Alf mit ihren kleinen Handhacken auf ihn. Es klopfte und der Russe sank zu Boden. Die übrigen vier kamen in Abständen heraus, von Rudi geweckt, um einen präzisen Schlag auf ihre harten Zähne zu erhalten, mit vernichtenden und entscheidenden Auswirkungen, der sie einer nach dem anderen niederschlug. Die Operation wurde erfolgreich durchgeführt, inmitten völliger Stille. Vier Russen lagen am Boden, als Rudi herauskam und den fünften Soldaten mit dem Lauf seiner „Maschinenpistole" schubste.

„Mehr gibt's nicht?", fragte der ‚Feldwebel'.

„Da drin sind nur noch Bettwanzen", erwiderte Rudi, kratzte sich kräftig und atmete die kühle Nachtluft aus vollen Lungen ein. „Was für ein Geruch! Wieder werde ich ein gutes Insektizid nicht vergessen. Und er machte eine Geste des Ausräucherns mit dem Lauf seiner Pistole.

Der Leutnant und seine Jungs seinerseits hatten die Sprengung bereits abgeschlossen. Die Aufgabe kann als erledigt betrachtet werden. Es blieb nur noch, sich mit dem Gefangenen geordnet zurückzuziehen, ohne Alarm zu schlagen. Der Graben und der Draht wurden gekreuzt. Sie waren hundert Meter weit gereist, als hinter ihnen Gerüchte ertönten. Der Leutnant befahl sich zu beeilen. Ein Maschinengewehr hatte angefangen zu klappern. Eine Rakete ging in die Luft. Hundert Meter mehr. Plötzlich erschütterte eine schreckliche Explosion den Boden. Die Mörserbatterie war zerstört. Rudi lächelte.

„Auf das Rennen! Befahl der Leutnant.

Ungeachtet aller Vorsichtsmaßnahmen überquerten die Grenadiere mit voller Geschwindigkeit die Distanz, die sie von ihren eigenen Schützengräben trennte. Jetzt gab es bereits mehrere Maschinen, die Feuer auf sie spuckten.

„Habe ich die Rakete gestartet? Fragte der zuständige Grenadier.

"Nicht nötig", antwortete der Leutnant. Wir würden unsere Position nutzlos entdecken, und andererseits scheint mir, dass unsere bereits begonnen hat zu handeln.

Tatsächlich leuchteten intermittierende Lichter am Horizont. In wenigen Sekunden kreuzten die Artilleriegranaten mit beeindruckenden Pfeifen über ihren Köpfen und eine wahre Hölle wurde hinter ihnen entfesselt. Sie waren am Stacheldraht. Der Leutnant orientiert sich. Der Pass war nah. Sie gaben das Passwort und in wenigen Sekunden sprangen sie alle in den Graben.

Eine kurze Inspektion und der Leutnant befahl:

"Nach Hause!

„Home Sweet Home!" seufzte Rudi." Was macht mein Russe?" fügte er hinzu, zog seine Pfeife heraus und füllte sie mit Tabak, als die Gruppe aus dem Graben aufbrach.

„Wie bequem ich schlafen werde!", murmelte Bert mit einem gewaltigen Gähnen.

KAPITEL VI

Am nächsten Morgen ließ Leutnant Wahrenfels seine Grenadiere ausbilden, um ihnen mitzuteilen, dass sie auf Befehl des Kommandos eine Woche absolute Ruhe genießen würden.

„Major Braun hat es mir gerade erzählt", informierte er sie. Das ist die Überraschung, die ich für Sie auf Lager hatte. Sie sind mit unserer Leistung zufrieden, die mich stolz macht. Wir werden nur ein paar Stunden am Tag theoretische Übungen machen und die restliche Zeit gehört Ihnen... Ich hoffe, es wird nicht zu lange dauern. Und jetzt, brechen Sie die Reihen auf und haben Sie Spaß da draußen!

Die Grenadiere jubelten, Rudi, Alf und Bert schlugen sich lachend heftig.

"Der Glücklichste ist Rudi", sagte Alf. Immerhin hat er eine Freundin, mit der er rumhängen kann.

„Können wir das nicht haben? Fragte Bert. Hat dieser fassungslose Mann geglaubt, dass nur er sie besiegt? Von nun an werde ich dir zeigen, dass sie auch für mich schmelzen.

„Halt die Klappe, du Stück Thunfisch! Wohin gehst du mit diesem Gesicht?

„Hast du geglaubt, dass du ein Adonis bist?

„Ich bin Apollo persönlich", prahlte Rudi, blies seine Brust auf und drehte seine Mütze.

Als sie in der Nähe der Taverne ankamen, sahen sie Katia mit einem Korb voller schmutziger Kleidung herauskommen. Rudi zischte und das Mädchen drehte den Kopf. Ein Ausdruck tiefer Freude stand auf ihrem Gesicht.

„Wo gehst du hin, Schatz?, fragte Rudi.

„Nun, zum Fluss, um sich zu waschen.

„Kann ich dich begleiten?

„Nicht. Du gehst besser auf einen Drink rein. Ich denke, es wird dir perfekt passen.

„Wenn Sie es nicht servieren, werden Sie für mich wie Gift aussehen.

„Mein Vater wird es dir servieren. Ich bin gleich wieder da.

„Komm, Rudi. Geh mit ihr", sagte Alf." Warum so viel Verstellung?

„Ich habe keine Lust, spazieren zu gehen", antwortete der Vorgenannte. Lass uns etwas trinken.

Die drei betraten das Gelände. Der alte Ivan kümmerte sich um die Soldaten.

"'Wodka', 'Wodka' und 'Wodka'", fragte Bert und zeigte auf sich und die anderen.

Der alte Mann nickte. Kurz darauf kam er mit Gläsern und einer Flasche Schnaps. Rudi diente seinen beiden Freunden. Er versuchte, sorglos zu erscheinen, aber seine Gedanken waren auf Katia gerichtet, die in diesem Moment am Fluss sein würde, an einem bestimmten schönen Ort, bedeckt von hohem Gras und gestreichelt von der Brise. Eine halbe Stunde verging. Der Platz wurde lebhafter und die meisten Tische waren bereits besetzt. Der Rauch drang in alles ein. Plötzlich stand Rudi auf.

„Ich werde da draußen spazieren gehen", sagte er. Ich möchte etwas frische Luft atmen.

„Frische Luft?" wiederholten Bert und Alf und sahen sich mit einem verschlagenen Lächeln an." Komm schon, geh. Und je länger es dauert, desto besser... für dich.

Rudi ging auf die Straße. Die Sonne schien am Himmel. Gruppen von Soldaten kamen und gingen, plauderten und lachten. Der Krieg schien sehr weit weg unter diesem herrlichen Himmel, in diesem stillen und friedlichen Dorf. Rudi nahm den Flussweg. Er ließ die letzten Häuser hinter sich, stieg das Ufer hinab und ging dann stromaufwärts weiter. An diesen Stellen wuchs eine dichte Vegetation. Er ging noch ziemlich weit. Plötzlich sah er sie in einem kleinen Teich am Wasser kauern. Er pfiff aus der Ferne, um sie nicht zu erschrecken. Als sie ihn sah, stand sie auf und ging ihm entgegen.

Sie hielten Händchen.

„Wie geht es dir, Rudi? Dir ist nichts passiert?

„Du siehst, dass ich ganz bin", antwortete er und bewegte sich ein wenig, damit sie ihn nach Belieben betrachten konnte.

„Ja, ja" seine blauen Augen strahlten vor Freude. Ich habe viel an dich gedacht. Und du? Erinnerst du dich an die arme Katia?

„Was ist, wenn ich mich daran erinnert habe? Ich dachte an nichts anderes, als dich so schnell wie möglich wiederzusehen ... hier, am Fluss ... uns beiden.

„Nein, Rudi. Was nützt es, eitlen Illusionen zu nähren? Du wirst eines Tages gehen, nie wieder zurückkehren ... und ich werde hier bleiben, nur mit deiner Erinnerung.

Rudi drückte fest ihre Hände. Sie befanden sich an einem ruhigen und abgeschiedenen Ort, die Sonne ging bereits unter, vergoldete den Himmel und eine schwache und duftende Brise wehte. Er versuchte, sie an sich zu ziehen, und sie wehrte sich. Er hatte sie bei den Armen gepackt. Ich wollte sie küssen. Er spürte, wie der sanfte Duft der jungen Frau in seine Sinne eindrang. Katia zuckte zurück und ging ein paar Schritte weg.

„Nein, Rudi, nein", sagte er. Es wäre nutzlos. Geh mit deinen Freunden. Na dann bis später.

Rudi ging mürrisch zur Straße. Er wartete an der Brücke auf sie. Nach kurzer Zeit sah er sie mit ihrem Kleiderkorb kommen. Er packte einen Griff und die beiden gingen in Richtung der Taverne. Er ließ sie allein hinein, und kurz darauf tat er es auch.

Alf und Bert hatten den größten Teil der Flasche ausgegeben. In ihnen lag eine kaum gezügelte Euphorie.

„Wie ist es gelaufen, Junge? fragte Bert zwinkernd.

"Es scheint, dass er das Gesicht von wenigen Freunden mitbringt", kommentierte Alf seinerseits.

„Hast du gekämpft?

„Halt die Klappe, ihr Idioten! „Rudi, rief Rudi und entlud einen Schlag auf den Tisch." Und du, alter Mann, bring noch eine Flasche.

Sie tranken weiter. Ein russisches Mädchen hatte angefangen, ein melancholisches Landlied zu singen, und die drei hielten den Takt mit den Köpfen. Katia blieb im Haus und vermied es, auszugehen. Bert und Alf war ein bisschen schwindelig. Rudi leerte langsam die Flasche, ohne dass dies offensichtlich Auswirkungen auf den Schnaps hatte. Er war es gewohnt zu trinken und prahlte mit seiner Ausdauer. Bei dieser Gelegenheit hätte er es jedoch vorgezogen, wenn der extrem starke Alkohol seinen Kopf so schnell wie möglich störte, bis er ihn vergessen ließ, dass Katia sich nicht von ihm in den Armen halten lassen wollte.

Es war spät in der Nacht, als die drei das Gelände verließen. Sie gingen Arm in Arm, mit einem etwas unsicheren Schritt, und sangen laut. Eine Patrouille ging an ihm vorbei.

„Sie sind die „unzertrennlichen Drei"", kommentierte ein Soldat.

"Zu prahlerisch" fügte ein anderer hinzu. Sicher! Wie sie so verwöhnt sind! Diese Grenadiere denken...

„Würdest du tun, was sie tun?" Der Korporal unterbrach ihn." Du solltest besser die Klappe halten, du Narr!

Alf, Bert und Rudi gingen die Straße entlang. Als sie die Kaserne erreichten, verdoppelten sie ihre Rufe und zwangen den Posten, ihnen zu befehlen, still zu sein. In Aufruhr betraten sie das Gelände. Das Feldwebel befahl ihnen, sich zu melden.

„Ist das das Beispiel, das du zu geben weißt? Er "grunzte". Zum Glück haben wir Ruhe und ich möchte dich nicht stören, sonst ...

Rudi zog den Hut vor die Augen.

Hey, Feldwebel! "Sagte ihm". Hat dir eine junge Frau noch nie Kürbisse geschenkt?

Das "Feldwebel" war rot vor Empörung. Zwei Grenadiere standen auf, nahmen die drei Kameraden am Arm und zwangen sie, sich auf ihre Betten zu setzen. Rudi legte sich auf seinen. Lange Zeit kreiste die Gestalt von Katia durch sein Gehirn und nahm seltsame Formen an. Sobald er sah, wie sie sich liebevoll und fürsorglich näherte, teilten sich ihre roten Lippen zu einem Lächeln, als ginge sie mürrisch und feindselig zwischen dem hoch aufragenden Gras des Flussufers davon. Er schlief sehr schlecht und hatte Albträume. Er träumte, dass er und Katia durch einen bezaubernden Ort Händchen hielten. Plötzlich war der Himmel mit bedrohlichen Wolken bedeckt, Blitze zuckten und in seinem fahlem Licht griff ein schrecklicher Schwarzer mit einem weißen Schädel auf der Stirn sie an und versuchte, Katia mitzunehmen. Rudi kämpfte auf seiner Koje,

Alf und Bert schnarchten ein wenig weiter. Rudi blieb lange wach. Draußen ertönte das Geräusch von Fahrzeugen, die auf der Straße kreisten, und in der Ferne deutete ein gedämpftes Geräusch auf die Anwesenheit der Front hin. Er bemühte sich zu schlafen. Tausend Bilder durchquerten sein Gehirn. Gegen Morgen überkam ihn ein schwerer Schlaf und bald schlief er in einem tiefen und unruhigen Schlaf ein.

KAPITEL VII

Ein gewaltiger Ruck weckte ihn. Laute Explosionen erschütterten das Gebäude. Fensterscheiben zersplitterten. Die Grenadiere waren aus ihren Kojen aufgestanden und versuchten sich so gut es ging gegen die dicken Mauern zu schützen. Dichter Rauch drang in alles ein. Die Explosionen folgten ohne Unterbrechung aufeinander und verwandelten das stille Dorf in eine Hölle aus Flammen und Schreien.

Alf, Bert und Rudi rannten in Richtung eines Grabens, der nicht weit vom Haus entfernt war, als Zufluchtsort. Der eiserne Sturm wütete weiter mit eisigem Geheul und schrecklichen Detonationen, die den Boden erbeben ließen.

„Es ist die ‚einundzwanzig'", sagte Bert. Aber wie ist das möglich, wenn es bis vor kurzem nur Mittelkaliberartillerie im Sektor gab?

"Sie werden sie heute transportiert haben", sagte Alf teilnahmslos.

„Das deutet darauf hin, dass der Zug wieder hinter den russischen Linien fährt. Aber hatte unsere Luftfahrt die Strecke nicht zerstört? Fragte Rudi.

"Die Luftfahrt denkt immer, sie zerstört alles", sagte Bert. Aber es fliegt zu hoch. Es gibt keine Möglichkeit, am Boden zu bleiben und eine gute Ladung Sprengstoff an der richtigen Stelle zu platzieren.

Das Gebrüll der Schocks ging weiter. Die Dorfbewohner rannten erschrocken in alle Richtungen. Einige "Isbas" begannen zu brennen.

„Da passiert etwas mit Katia...!, drohte Rudi und knirschte mit den Zähnen.

Ein Mädchen war kurz vor dem Graben, in dem die drei Grenadiere Zuflucht gesucht hatten, stehengeblieben. Sie weinte unkontrolliert und schaute in alle Richtungen auf der Suche nach jemandem, der sie beschützen konnte. Ein Projektil explodierte so nahe an der Kreatur, dass ihre Kleidung durch die Luftverdrängung erzitterte. Rudi legte beide Hände auf den Rand des Grabens, bereit, ihm zu Hilfe zu kommen.

„Wo gehst du hin, Dummkopf?", fragte Bert erschrocken.

„Auf der Suche nach diesem Mädchen... Und dann, um meine Katia zu sehen.

Er sprang aus dem Tierheim und rannte auf das Mädchen zu. Er brachte sie aus dem Gleichgewicht und führte sie zu seinen beiden Kameraden.

„Lass es bei dir", sagte er ihnen.

Und er ging wieder, unbeeindruckt von Rauch und Schrapnell. Ihre eigene Artillerie bereitete sich darauf vor, zu antworten. Die schimmernden Münder der Batterien erreichten langsam den richtigen Winkel. Die Diener mit den durchbrochenen Helmen positionierten sich strategisch um die Stücke. Die Granaten wurden schnell in Umlauf gebracht. Die Streikenden wurden arrangiert. In dem Sektor befanden sich dreißig schwere Geschütze, außerdem einige Langstreckenmörser, deren Geschosse gewaltige Trichter öffneten und die solidesten Gebäude und Befestigungen mit einem einzigen Schlag niederreißen konnten. Auf ein Signal hin erbrachen alle Teile ihre Ladung. Ein entsetzliches Zischen lag in der Luft, und innerhalb von Sekunden schlugen die Projektile wie zerstörerische Monster auf die gegnerischen Artilleriestellungen ein.

Alf und Bert blieben bei dem verlassenen Mädchen in ihrem Unterschlupf. Einige Krankenwagen fuhren in die Stadt. Die feindliche Artillerie verteilte ihre Schüsse, und nach einer halben Stunde hatte das Feuer vollständig aufgehört. Mehrere Häuser brannten und die Einwohner von Novo-Skolki bereiteten sich auf die Brandbekämpfung vor. Alf und Bert verließen das Tierheim bereit, um an den Rettungsaktionen teilzunehmen, wie alle Soldaten auf Urlaub. Das Bombardement hatte viele Opfer unter der Zivilbevölkerung gefordert. Es folgten herzzerreißende Szenen, und Bahren mit Leichen, die mit Decken bedeckt waren, kamen vorbei. Riesige Trichter öffneten sich in den Straßen und ein dichter Nebel und der Geruch von Schießpulver und Trilit hingen noch immer in der Luft.

Auf seinem Kommandoposten telefonierte Major Braun mit dem Oberst des Regiments.

„Mein Oberst, wir haben gerade ein gewaltiges Bombardement der gegnerischen Artillerie erlitten. Dabei handelt es sich um großkalibrige Geschütze, die in diesem Sektor bisher kein Lebenszeichen gezeigt haben. Sie wurden zweifellos gerade transportiert und eingelagert. Es besteht kein Zweifel, dass der Zug wieder hinter den russischen Linien fährt.

"Gut, Commander", antwortete der Oberst. Wir werden den Bericht an die Abteilung weiterleiten. Baue in der Zwischenzeit einige Unterkünfte für die Soldaten und die Zivilbevölkerung.

"Auf Ihren Befehl, mein Oberst" und Major Braun legte den Hörer auf und gab sofort die entsprechenden Anweisungen für die Ausführung des erhaltenen Befehls.

* * *

Rudi war wie ein Verrückter gerannt, hatte die Explosionen um ihn herum ignoriert und den Boden erschüttert, als ob ein Erdbeben stattfinden würde. Einer von ihnen warf ihn gegen die Wand einer brennenden "Isba" und ein dicker Baumstamm ging wenige Zentimeter von seinem Kopf entfernt in Flammen auf. Rudi setzte seine Karriere in Richtung Wirtshaus fort. Sein Inneres wurde von dichtem Rauch eines nahen Feuers eingedrungen. Es war niemand in der Nähe. Fünf Geschosse stürzten mit einem fürchterlichen Gebrüll auf die Straße. Rudi ging nach draußen. Katia muss in der Nähe Schutz gesucht haben. Er verließ die Straße und ging auf das Feld hinaus. In den Schluchten konnte man viele Menschen sehen, die sich mit den Gesichtern auf den Boden drängten. Er ging einen langen Weg, um alles zu inspizieren. Schließlich sah er Katia neben einer Anhöhe des Landes. Sie lag am Boden und versuchte sich bestmöglich zu schützen. Er sprang an ihre Seite. Die junge Frau stieß einen überraschten Schrei aus.

„Wie geht es dir, Katia?" sagte er. Ist dir nichts passiert?

„Nichts außer der schrecklichen Angst, die ich durchmache.

Es zitterte wie ein Blatt. Rudi trat näher an sie heran, legte einen Arm um ihre Taille und zog sie an sich. Die Minuten vergingen langsam. Aber für die beiden Liebenden hatte die Bombardierung aufgehört zu existieren. Sie lebten in einer Traumwelt, die nichts mit in kurzer Entfernung explodierenden Projektilen, Schreckensschreien, Rauch von Explosionen und dem Einsturz bescheidener Häuser zu tun hatte.

* * *

Alf und Bert halfen einer älteren Frau aus den Trümmern und legten sie dann auf eine Trage. Sie erlitt schwere Verbrennungen und zwei Soldaten brachten sie zur Notaufnahme. Einige Krankenwagen fuhren bereits zur nächsten Blutklinik.

„Wo ist Rudi gewesen?", fragte Alf, der kurz innehielt, um in alle Richtungen zu schauen.

„Er wird in irgendeinem Unterschlupf sein", sagte Bert ironisch und machte eine wogende Geste mit seinen Händen.

„Ich hätte nie gedacht, dass eine Frau ihn so mokka macht!

„Hey schau! Hier kommt es!

Tatsächlich rannte Rudi. Sobald das Bombardement aufhörte, überwog sein Pflichtgefühl, und nachdem er Katia zum Abschied geküsst hatte, rannte er in die Stadt, um bei der Rettung zu helfen.

Die drei Kameraden bereiteten sich auf den Einsatz vor. Einige Häuser mussten abgestützt werden, andere drohten einzustürzen. Die Arbeit war hart und ermüdend. Gegen Mittag war der Rauch der Explosionen vollständig verfinstert, eine strahlende Sonne schien, und riesige Trichter mit verkohlten Rändern und auf dem Boden brennenden Holzstämmen blieben als Spuren des gewaltigen Bombardements auf dem Boden zurück. Die Bevölkerung hatte viele Verluste erlitten und mehrere Soldaten wurden verwundet, wenn auch nicht schwer.

Bert, Rudi und Alf zogen sich mit geschwärzten Gesichtern und zerrissenen Uniformen in ihre Quartiere zurück. Kurz darauf kam Leutnant Wahrenfels, um seine Truppe zu inspizieren. Außer einigen Verbrennungen und Prellungen hatten die Grenadiere keine ernsthaften Schäden erlitten.

„Dieser Graben muss vertieft und mit Baumstämmen und Erde bedeckt werden", sagte er ihnen. Auf diese Weise werden Sie ein wenig Sport treiben, um in Form zu bleiben, damit Ihre Muskeln nicht schrumpfen.

In der Nacht feuerte die deutsche Artillerie mit Unterbrechungen auf die feindlichen Stellungen. Es lag ein beklemmendes Gefühl in der Luft, als stünden wichtige Ereignisse bevor. Ein russisches Flugzeug flog bei ausgeschaltetem Licht über die Straße und warf einige Bomben auf benachbarte Städte. Die in der Umgebung stationierten Flugabwehr-Maschinengewehre reagierten, indem sie Spuren von Leuchtspuren in die Luft schossen. Es wurde befohlen, die Wachsamkeit zu verstärken, und einige Motorradfahrer zirkulierten zwischen dem Kommandoposten des Bataillons und der Stadt, in der sich das Generalhauptquartier der Division befand.

KAPITEL VIII

Zwei Tage vergingen. Die Stadt erholte sich von den Schäden, die durch die Bombardierung verursacht wurden. Das Leben nahm seinen normalen Rhythmus wieder ein, und als Spuren der Katastrophe waren einige rauchgeschwärzte Ruinen und die gewaltigen Lücken, die sich durch die Explosion der Projektile öffneten. Die beurlaubten Soldaten kreisten fröhlich durch die Straßen und in der Taverne des alten Iwans war es schwierig, einen freien Tisch zu finden.

Nach bestimmten Symptomen zu urteilen, war das Kommando dabei, diesen Sektor zu verstärken. Eine Kompanie Pioniere war hereingekommen und machte sich nach einem kurzen Aufenthalt in Novo-Litka mit ihrem Arbeitsmaterial an die Front. Die an strategischen Stellen befindlichen Flugabwehrbatterien blieben in Alarmbereitschaft. Ein in Krasnovardeisk stationiertes Panzerbataillon löste einige gepanzerte Fahrzeuge in die umliegenden Städte ab. Offenbar versuchte der Feind, seine Stellungen zu verbessern, bevor der Winter mit Schnee und Eis jede Bewegung unmöglich machte.

Die Stadt Leningrad, umgeben von der eisernen Schlinge deutscher Divisionen, versuchte zu atmen. Nur eine Eisenbahn verband sie nach außen durch die Lücke im nördlich gelegenen Ladogasee zur finnischen Grenze, und auf diesem einzigen Verbindungsweg erhielt die bevölkerungsreiche Stadt die notwendige Hilfe. Die Aufrechterhaltung einer solchen Verbindung mit der Außenwelt war für die Belagerten ein äußerst wichtiges Ziel. Die deutschen Flugzeuge warfen ihre Bomben unerbittlich auf die Eisenbahn, aber die Ungenauigkeit der Luftangriffe wurde durch die Geschwindigkeit verstärkt, mit der die Arbeiterbataillone die Schäden reparierten. Der Verkehr, obwohl prekär, ging weiter. Und ein Beweis dafür war die jüngste Bombardierung einiger Städte, die mit großkalibrigen Stücken durchgeführt wurde, die kürzlich an die Front transportiert wurden.

Das Oberkommando prüfte einen Plan zur endgültigen Zerstörung der Eisenbahn. Nachdem dies beseitigt war, konnte sich die Stadt nicht länger als ein paar Monate halten.

Währenddessen setzten die Einheiten ihre tägliche Arbeit fort und warteten auf den Moment, um den Angriff zu starten. In Novo-Litka war ein Beobachtungsposten mit Fesselballons errichtet worden, deren silbrig glänzende Oberfläche in der Sonne glänzte.

Alf, Bert und Rudi verließen am Nachmittag ihre Unterkunft. Die Atmosphäre war sanft und ruhig. Mechanisch steuerten sie ihre Schritte auf die Taverne zu, Katia lächelte Rudi an und begrüßte ihn mit einer fröhlichen Geste. Sie setzten sich hin, um Gläser "Wodka" zu trinken. Als sich die junge Frau näherte, sagte Rudi leise:

„Warum gehen wir nicht spazieren? Soll ich draußen auf dich warten, Liebling?

"Eto nevozmoino"Sie antwortete auf Russisch. Aber später veroyatno. Ich werde es Sie wissen lassen.

Alf und Bert sahen sie an, ohne den Jargon zu verstehen.

„Was schlagen Sie vor?" fragte der Erste." Etwas, das wir nicht wissen können?

„Nichts Besonderes, Jungs. Nur ein kleiner Spaziergang durch die Nachbarschaft. Stimmt was nicht?

„Du hast schon genug Fliegen für uns, Rudi. So viel rauf und runter geht um jeden zu erklimmen. Wollen Sie sich von dieser jungen Frau einfangen lassen?

„Katia ist wunderbar", sagte Rudi und verdrehte die Augen und stieß einen tiefen Seufzer aus.

„Und so naiv! "Bert hat ironisiert." Sieh zu, wie sie mit diesen Fahrern flirtet.

In der Tat. Katia lachte über den Witz zweier Transportsoldaten, die auf dem Rückweg von der Front ihre Lastwagen draußen gelassen hatten. Rudi sah sie finster an. Seine Augen sprühten Funken.

"Es besteht kein Zweifel", sagte Alf. Der Junge ist eifersüchtig. Ha! Ha! Ha!

„Nicht!" Bert schnitt ihn komisch erschrocken ab." Provoziere ihn nicht. Ich will nicht, dass der Leutnant uns befiehlt, uns wie neulich zu schlagen.

Rudi stand auf und ging zur Tür. Als er an Katia vorbeikam, sagte er auf Russisch mit irritiertem Akzent:

„Ich warte neben dem letzten Haus in der Nähe der Brücke auf dich.

Und er begann zu laufen, um seine Nervosität zu unterdrücken.

Katia hat lange gebraucht. Er kam mit einer unbeschwerten und fröhlichen Art. Als sie ihn erreichte, nahm sie ihn bei den Armen und sagte lachend:

„Aber was ist mit dir, mein Rudi? Bist du neidisch? Aber wenn diese Jungs das Meer der Freundlichen wären! Einer von ihnen erklärte mir, dass ...

„Mir ist egal, was er dir erklärt hat.

Er nahm sie am Arm und sie machten sich auf den Weg ins Feld. Die Abendschatten begannen in alles einzudringen. Der Himmel von reinem Blau verdunkelte sich und ein Stern leuchtete in der Höhe. Katia drückte sich an ihn.

„Mir ist kalt", sagte er.

Rudi legte einen Arm um ihre Schultern. Er fühlte, wie ihr warmer Körper sich an seinen drückte. Der Geruch ihrer Haare berauschte ihn. Sie hielten zwischen einigen Bäumen in der Nähe des Baches an. Katia saß auf einem Hügel und Rudi tat das gleiche neben ihr. Sie hielten Händchen und sahen sich in die Augen.

"Katia", begann er, "ich ... ich liebe dich. Ich verstehe, dass es dumm ist, aber ich kann nicht anders. Neulich Nacht, während wir auftraten, dachte ich nur an dich. Und zum ersten Mal Zeit seit ich im Krieg war, wollte ich wohlbehalten zurückkehren ... nur um wieder an deiner Seite zu sein ... und mit dir zu reden, wie jetzt.

„Ich liebe dich auch, Rudi. Das Schicksal hat uns voreinander gestellt. Krieg ist grausam, aber eines Tages wird er enden, und dann können wir vielleicht für immer zusammenbleiben ... Aber was nützt es, Illusionen zu haben? Du wirst wieder gehen und ich werde hier bleiben und über deine Rückkehr nachdenken. Vielleicht kehrst du in dein Land zurück und wirst dich nie wieder an Katia erinnern.

Tränen traten ihr in die Augen. Rudi zog sie sanft an sich. Sie gab nach. Ihre Lippen trafen sich zu einem Kuss.

„Was auch immer passiert", flüsterte er. „Ich werde dich immer lieben. Kommst du mit mir, eh, Katia? Du wirst sehen, wie glücklich wir sein werden, wenn das alles vorbei ist und wieder Frieden auf Erden herrscht.

Sie verharrten lange in tiefer Ekstase. Nachts war es schon dunkel. Die Sterne loderten über dem Himmel. In der Ferne ertönte ein Signalhorn. Das gedämpfte Geräusch von Lastwagen, die die Straße entlangfuhren, erreichte sie.

„Wir müssen gehen", murmelte Katia. Mein Vater wird sich unwohl fühlen.

Rudi stand auf und half ihr mit ausgestreckten Händen auf. Sie fuhren langsam zurück, ohne aus ihren Träumereien aufzuwachen. Der Grenadier begleitete sie bis zur Tür der Taverne. Sie küssten sich im Dunkeln wieder.

"Bis morgen, Katia ... Und träum von mir.

„Bis morgen, Rudi.

Alf und Bert waren schon in der Baracke, ausgestreckt auf ihren Etagenbetten, als ihr Kamerad eintraf.

"Welche Stunden, Freund! Wie war die Show? Der erste sagte.

Rudi grunzte mürrisch. Ich habe nicht gescherzt. Er streckte sich auf seiner Matte aus, blieb stehen und starrte ins Leere.

"Die Anschuldigung hält immer noch", fügte Alf hinzu. Sie müssen sehen, wie tief ein Mann fallen kann!

Er drehte sich um und legte sich schlafen. Bert betrachtete Rudi mit verächtlicher Miene, nahm eine Zeitung in die Hand und begann im schwachen Licht einer Glühbirne zu lesen.

Ein entferntes Gerücht wurde wahrgenommen, dass es nach und nach näher rückte. Mehrere Staffeln von Flugzeugen durchquerten den Weltraum. Die Grenadiere hörten aufmerksam zu.

„Wo werden die hingehen? Fragte einer von ihnen.

"Es ist mir scheißegal", antwortete Bert, "solange sie hier nicht herunterladen.

Das Gerücht hat sich verflüchtigt. Nach kurzer Zeit erschütterte ein fast unmerkliches Schütteln den Boden. Die Bomben explodierten über der belagerten Stadt, während Dutzende von Scheinwerfern den Himmel auf der Suche nach den Angriffsgeräten durchkämmten und die Flugabwehrgeschütze ihre Schrapnelle in die Luft schossen, auf der Suche nach den stählernen Flügeln, die ihren Weg mit einer Todesspur markierten Zerstörung. Bert machte das Licht aus und nach einer Weile schnarchte er friedlich, als die Flugzeuge auf dem Rückweg nach draußen summten.

KAPITEL IX

„Zu bilden!", rief der 'Feldwebel'.

Es war sieben Uhr morgens. Die Grenadiere beeilten sich, ihren Platz in den Reihen einzunehmen. Der Leutnant kam, um die Liste zu begutachten. Einer nach dem anderen antworteten sie, als sie seinen Namen hörten. Es war eine reine Routine, die der Leutnant auferlegte, damit er die Kasernendisziplin nicht verlor. Einige Dienststellen wurden eingestellt und der "Feldwebel" wollte gerade einen Räumungsbefehl befehlen, als der Leutnant ihn mit einer Geste stoppte.

„Rudi, Bert und Alf werden zu meiner Unterkunft kommen", sagte er. Ich habe Ihnen eine wichtige Angelegenheit mitzuteilen.

„Was zum Teufel will er?", murmelte Rudi.

"Vielleicht haben sie uns das Eiserne Kreuz erster Klasse und eine Erlaubnis nach Berlin gegeben", sagte Bert mit einer Grimasse.

Der Leutnant entfernte sich, und die drei Grenadiere folgten ihm. Der Chef der Patrouille blieb stehen, als er die Tür seiner "Isba" erreichte.

„Kommt rein, Jungs", sagte er ihnen. Wir trinken etwas und unterhalten uns.

„So viel Freundlichkeit macht mir Angst", sagte Rudi leise.

Sie setzten sich an den Tisch und der Leutnant begann kurzerhand:

„Die Situation ist in diesen Tagen etwas komplizierter geworden. Offenbar haben die Russen Verstärkungen, die nur über die Eisenbahn zu ihnen gekommen sein können, die wir mit allen Mitteln zu zerstören versuchten, ohne bisher absolut erreicht worden zu sein. Es können jedoch einige unvorhersehbare Umstände eintreten, die dazu beitragen, Ihre Kommunikation zu verbessern. Major Braun hat mich gestern Abend angerufen, um mir mitzuteilen, dass es notwendig ist, etwas herauszufinden ... Und dafür gibt es nur zwei Systeme: einen

Ausflug durch feindliches Gelände zu machen, das Geschehene persönlich zu beobachten oder die Hand in die Schützengräben zu schlagen , bringen einige Gefangene mit, die uns helfen, das Rätsel zu lösen. Der Major und ich kamen zu dem Schluss, dass drei entschlossene Grenadiere letzteres ohne viel Lärm und zur vollen Zufriedenheit des Kommandos tun können. Ich dachte sofort an dich. Sag mir ehrlich, was du denkst. Natürlich werde ich Sie nicht zwingen, und wenn einer von Ihnen lieber bleiben möchte, lassen Sie es ihn deutlich sagen.

„Sehen Sie sich an, mein Leutnant", antwortete Rudi. Er weiß, dass wir diese kleinen Aufgaben lieben. Wie viele Russen willst du? Reichen Ihnen zwanzig? Und ich sage noch mehr: Wenn Sie mich ermächtigen, gehe ich allein.

Zwei große Hände fielen auf seine Schultern, die ihn zu Boden werfen wollten. Alf und Bert bedrohten ihn mit den Fäusten.

„Gut. Streitet euch nicht darum", sagte der Leutnant lächelnd." Ihr drei werdet gehen und ich hoffe, ihr habt Glück, dass sie euch „Wodka" serviert hat Die endgültige Planung einiger der untersuchten Operationen hängt von den Aussagen dieser Gefangenen ab. Seien Sie also sehr vorsichtig, agil und vorsichtig.

Er entrollte eine Blaupause und fuhr fort, sie in die Einzelheiten des Putsches einzuweihen. Im Allgemeinen ging es darum, einzelne Wachen entlang eines Grabens, der sich vor den Stellungen der vierten Kompanie des 2. Bataillons erstreckte, zu überraschen und geräuschlos zu bringen, oder einen ganzen Trupp schlafend in ihrer Hütte zu überraschen und sie zu zwingen force zwischen den Läufen ihrer "Maschinenpistolen" in Richtung ihrer eigenen Linien zu gehen.

„Sie werden wie Katzen rutschen, und wenn Sie sich des Erfolgs nicht sicher sind, handeln Sie nicht. Ich komme lieber gesund und munter mit leeren Händen zurück, als verwundet oder mit einem oder zwei Russen geschlagen. Du nimmst leichte Ausrüstung mit und fährst mitten am Nachmittag in Richtung der Frontlinienpositionen. Kapitän Schmidt erwartet Sie.

„Was denkst du?", fragte Bert, als er ging." Das ist unsere berühmte Pause?

"Nun", sagte Alf. Mir wurde schon langweilig. Außerdem verspricht die Sache Spaß zu machen, oder, Rudi?

„Natürlich. Auf der anderen Seite geht es nur darum, eine Nacht zu verpassen. Etwa, als man zu anderen Zeiten mit Freunden auf eine Party ging und erst im Morgengrauen zurückkehrte.

Nach dem Mittagessen gingen sie ihre Ausrüstung durch. Sie säuberten sorgfältig seine »Maschinenpistole«, überprüften die Schneide der Machete und lagerten Handbomben ein.

„Planst du Katia zu besuchen?", fragte Bert Rudi.

„Ja, aber ich werde dir nichts über den Job heute Abend erzählen. Was habe ich davon, das arme Mädchen leiden zu lassen?

Im Quartiermeisterladen sammelten sie einen leichten Kaltvorrat ein, den sie in die kleine Seitentasche am Gürtel steckten. Es war halb vier, als ein Lastwagen sie abholte.

Kapitän Schmidt schüttelte ihnen die Hand, als sie die Front erreichten.

„Ich habe schon vermutet, dass du es bist", sagte er. Folgen von so viel Ruhm! Komm zu meiner Hütte und wir trinken ein Glas Brandy.

Im Schutzraum angekommen, informierte er sie kurz über den Zustand des Grabens, aus dem sie herauskommen und durch den sie zurückkehren würden.

Eine Stunde verging. Es war dunkel geworden. Der Kapitän rief eine Verbindungsperson an. Sie schüttelten sich die Hände.

"Viel Glück, Jungs" wünschte euch. Und bis zur Rückkehr. Bringen Sie keine ganze Firma mit ... Wir wüssten nicht, wo wir es hinstellen sollen.

Der Link führte sie zum Außenposten. Die Nachtbewegung hatte begonnen. Lose Schüsse ertönten, und gelegentlich rasselten

Maschinengewehre und feuerten ihre Leuchtspurgeschosse ab. Sie krochen über den offenen Pfad im Drahtseil. Die Positionen waren sehr eng und es mussten von Anfang an Vorkehrungen getroffen werden. Sie krochen weiter wie pirschende Bestien durch das Niemandsland. Mit geradeaus gerichteten Augen hielten Rudi, Bert und Alf ab und zu inne, um besser zu hören. Die Raketen stiegen in die Luft, zerstreuten einige Sekunden lang ihre fahle Klarheit und gingen dann mit einem Klicken wieder aus. Sie machten einen Umweg, um den feindlichen Schützengraben auf der Seite auszurichten, die nach Firmenangaben am unbewachtesten war. Als sie vor den Sandsäcken ankamen, hielten sie an, um das Gelände zu studieren.

"Wir werden auf folgende Weise vorrücken", sagte Rudi leise ": Einer vom Boden des Grabens. Das werde ich sein. Die anderen beiden oben, Alf auf der rechten Seite und Bert auf der linken Seite Lassen Sie sie nicht schreien oder schießen oder eine Alarmrakete starten.Wenn wir sie schläfrig erwischen, können wir mindestens fünf oder sechs mitbringen.

Sie haben die Vorsichtsmaßnahmen verdoppelt. Bert stolperte verflucht über eine Blechdose. Sie gingen fünfzig Meter ohne Atem. Das kleinste Versehen könnte sie das Leben kosten. Der Graben in Richtung einer Kurve. Auf der anderen Seite hob sich ein Schatten verwirrt von der aufgewühlten Erde ab. Rudi machte ein Zeichen. Sie glitten wie Katzen. Rudi war ein paar Meter von dem Russen entfernt. Er hörte etwas und drehte den Kopf.

„Kotori téper tschasse? fragte er, überhaupt nicht misstrauisch.

"Téper sefn", antwortete Rudi mit ruhiger Stimme.

„Fürchte mich, Loutchné.

Zweifellos erwartete er seine Erleichterung. Der Lauf einer "Maschinenpistole" bohrte sich in seine Rippen, während Rudi ihm durch zusammengebissene Zähne befahl:

„Still oder ich trockne dich aus!

Die Augen des Russen weiteten sich überrascht. Zwei weitere "Maschinenpistolen" wurden über den Graben auf ihn gerichtet. Es war zwecklos, sich zu widersetzen. Er hob die Arme und Rudi nahm ihm die Waffen ab.

„Pass auf ihn auf, Alf. Und pass auf, dass er nicht entkommt.

Sie wollten gerade weiterfahren, als Schritte im Graben ertönten. Zwei Männer näherten sich. Rudi, Alf und Bert hatten sich auf dem Boden ausgestreckt und zwangen den Gefangenen, dasselbe zu tun. Es waren der Soldat und ein Sergeant, die zweifellos die Posten inspizierten. Bert wollte pfeifen. Nichts weniger als ein Sergeant! Nach einigen Sandsäcken wartete Rudi darauf, dass das Paar auf die Brüstung kam. Er gab ein Zeichen und drei "Maschinenpistolen" stellten die Russen auf, eine von oben und zwei von beiden Seiten des Grabens, da Bert auf den Boden des Grabens gefallen war, um sie an der Flucht auf der gegenüberliegenden Seite zu hindern. Die Russen wehrten sich nicht. Es war völlig nutzlos.

Der Rückzug musste ohne Alarm erfolgen. Sie gingen den Weg zurück, den sie gekommen waren. Die Nacht war voller Gerüchte. Eine feindliche Patrouille passierte eine kurze Strecke. Sie warteten mit angespannten Nerven, bis er fort war. Bert betrachtete kurz die Umgebung. Sie kamen aus dem Graben. Die Rückkehr war extrem ermüdend, weil ich mich um die Gefangenen kümmern musste. Kaum hatten sie sich etwas entfernt, sagte Rudi leise zu seinen beiden Kameraden:

„Gute Jagd, oder? Major Braun wird uns glücklich umarmen!

"Ich habe in meinem Leben noch nie etwas einfacheres gesehen", sagte Bert. Es war, als würde man in einen Bau greifen und drei Kaninchen an den Ohren ziehen.

"Das Gute daran ist, dass es niemand glauben wird", fügte Alf hinzu. Die Geschichte muss etwas dramatisiert werden. In wenigen Minuten machten sie den Stacheldraht aus. Der Posten stoppte sie und sie antworteten auf das Passwort. Kapitän Schmidt traute ihren Augen nicht. Sie fuhren weiter zu der Stelle, an der der Lastwagen wartete, und gegen Mitternacht erschienen sie mit den drei Gefangenen am Kommandostand. Die Überraschung von Major Braun war immens. Diese Jungs waren Gold wert. Ich schüttle dir herzlich die Hand. Zwei mit "Maschinengewehren" bewaffnete Soldaten führten die Häftlinge zum Regimentskommando, wo sie verhört wurden. Kurz darauf streckten sich Alf Bert und Rudi auf ihren Matten aus, um friedlich zu schlafen, bis der neue Tag anbrach.

KAPITEL X

„Ich habe den Leutnant um Erlaubnis gebeten, nach Krasnovardeisk zu fahren, und er hat sie mir gegeben", erzählte Rudi seinen Freunden am Morgen, als die drei die Unterkunft verließen.

„Wow, Mann! rief Alf. Und ... gehst du allein?

"Nun ... ich hätte mir sehr gewünscht, dass du mitkommst, aber dort werde ich ziemlich beschäftigt sein und ...

„Gut. Gut. Übrigens, vor einer Stunde habe ich Katia in einen Lastwagen steigen sehen. Würde er nicht auch nach Krasnovardeisk fahren?

Was zum Teufel weiß ich? Glaubst du, er hält mich über alles, was er tut, auf dem Laufenden?

Sie stellten sich an der Zapfsäule am Ausgang der Stadt auf, wo die meisten Lastwagen, die in diesem Sektor zirkulierten, hielten. Bald tauchte ein gewaltiger "Henschel" mit Trailer auf. Rudi machte ein Zeichen. Der Lastwagen hielt an, um zu tanken.

"Wohin geht ihr? Er fragte die Fahrer.

„Wir werden Krasnovardeisk erreichen und am Nachmittag sind wir wieder da.

„Großartig! Ich gehe mit.

Er stieg in das Fahrzeug ein. Andere Soldaten saßen bereits drinnen. Er winkte seinen beiden Freunden zu, als der Lastwagen anfuhr.

„Auf Wiedersehen!... Und viel Spaß! Alf schrie ihn an.

Rudi schüttelte verächtlich beide Hände. Es war nicht leicht, seine Freunde zu täuschen. Der Lastwagen holperte unter dem monotonen Summen seines starken Motors die unebene Straße hinunter. Krasnovardeisk verschwand nach einer Stunde am Horizont. Es war eine riesige und bevölkerungsreiche Stadt, in der deutsche Divisionen die Dienste des Sektors installiert hatten. Durch die Straßen streiften ständig Soldaten, deren graue Uniformen sich mit den Lumpen der

Zivilbevölkerung vermischten. Die Cafés waren immer belebt und in einigen Restaurants wurden Mahlzeiten serviert, wenn auch zu Preisen, die nur für Geldverdiener erschwinglich waren.

Katia erwartete ihn, wie am Abend zuvor verabredet, auf dem Hauptplatz vor der orthodoxen Kirche mit ihren goldenen byzantinischen Kuppeln. Sie war sehr hübsch in ihrem neuen Kleid und ihrem Kopftuch, ganz im Stil des Landes. Sie lächelte ihn an und zeigte dabei ihre sehr weißen Zähne und ging mit ausgestreckten Armen auf ihn zu. Sie gingen langsam und genossen das Schauspiel der Stadt. Sie betraten ein oder zwei Geschäfte und Rudi schenkte ihr ein paar Schmuckstücke, die sie unter Jubelrufen entgegennahm. Später gingen sie in ein Restaurant essen. An der weißen Tischdecke sitzend sahen sie sich in die Augen. Ein Kellner war bemüht. Die Speisekarte war einfach, aber es war ein wahrer Genuss, wenn man die Umstände bedenkt. Rudi erlaubte sich, eine Flasche Wein zu bestellen, die sie langsam tranken. Durch die Fensterscheiben konnte man die Menge in ununterbrochener Strömung kommen und gehen sehen. Nach dem Essen gingen sie in den Park.

„Schau dir an, was für ein schöner Teich!" rief Katia.

Sie näherten sich dem von Grün umgebenen Wasser und betrachteten einander in seinem klaren Spiegelbild.

„Katia, weißt du, dass du heute wirklich wunderschön aussiehst?

Die Augen der jungen Frau funkelten vor Freude und sie drückte Rudis Arm und rückte noch näher an ihn heran. Lange Zeit veränderten sie sich schweigend.

„Wie gerne würde ich für immer hier bleiben... bei dir! murmelte Rudi. In einer Stadt wie dieser, in der man wenigstens leben kann und wo die Präsenz der Front nicht jeden Moment droht.

„Mach dir keine Hoffnungen, Rudi, an so etwas können du und ich gar nicht denken. Dein Schicksal ist es zu kämpfen ... und meins, auf dich zu warten.

"Vielleicht eines Tages...!

„Vergiss, dass wir zurück nach Novo-Skolki müssen. Vergessen wir, dass Sie ein Soldat sind und ich ein russisches Mädchen. Lasst uns diese Momente nutzen und uns nicht an morgen erinnern.

„Ja. Vielleicht ist es das Beste", murmelte Rudi nachdenklich.

Sie blieben bis zum Nachmittag im Park. Plötzlich sah Rudi auf seine Uhr. Man musste sich beeilen, wenn man im selben Truck zurück wollte. Katia würde es etwas später tun, mit den Dorfbewohnern, mit denen sie gekommen war und die in der Stadt einkaufen gingen. Sie küssten sich leidenschaftlich.

„Auf Wiedersehen, Katia. Wenn du früher zurückkommst, sehen wir uns heute Abend noch ein bisschen, oder?

„Ich denke schon, Rudi. Warte bei der Brücke auf mich. Ich werde gehen, auch wenn es nur darum geht, dir noch einen Kuss zu geben.

Rudi wartete an der vereinbarten Ecke, bis der Truck vorbeifuhr. Dieser hier ließ nicht lange auf sich warten.

„Wie geht es dir, Grenadier? Fragte einen der Fahrer.

„In der Stadt hat man immer eine gute Zeit", antwortete Rudi und stieg in die Kabine. Der Nachteil ist, dass sie dir nicht länger als einen Tag die Erlaubnis geben ...

Der Lastwagen fuhr zurück. Die flache, eintönige Landschaft zog langsam an Rudis Augen vorbei, die ausdruckslos vor sich hinstarrten und nichts sahen. Die Kilometer vergingen einer nach dem anderen. Der Schwerlaster bewegte sich reibungslos und reibungslos.

„Eine Zigarette?", bot der Fahrer an.

Rudi stimmte zu und fuhr fort, es einzuschalten. Die Rauchwolken füllten nach und nach die Kabine. Rudi senkte das Fensterglas ein paar Zentimeter. Plötzlich hörten seine von ständiger Wachsamkeit gespitzten Ohren ein Geräusch, das sich über das Summen des Fahrzeugs abhob. Der Fahrer sah ihn fragend an.

„Stimmt was nicht?", frage ich.

Rudi senkte das Glas zu Ende und streckte den Kopf heraus. Daran bestand kein Zweifel. In kurzer Entfernung, vielleicht in Richtung

Novo-Skolki, fand ein gewaltiges Bombardement statt. Als sie einen kleinen Hügel hinaufstiegen, breitete sich die Landschaft vor ihren Augen aus. Über dem Horizont stieg eine dicke Rauchwolke auf, die eine beträchtliche Landfläche bedeckte. Unbewusst beschleunigte der Fahrer. Die Explosionen folgten mit gewaltigem Gebrüll aufeinander. Trotz der Entfernung spürte man den Boden beben. Sie kamen einige Kilometer voran. Beim Biegen einer Kurve nahmen sie die Flammen der schwerkalibrigen Geschosse wahr.

"Sie werden kein Haus stehen gelassen haben", sagte der Fahrer. Warten wir ein paar Minuten. Ich möchte mein Auto nicht nutzlos bloßstellen.

Das Bombardement dauerte noch einige Minuten. Dann wurden die Schüsse weiter auseinander, und endlich hörte es auf. Eine dichte Rauchwolke hing im Weltraum. Der Geruch von Schießpulver erreichte sie. Viele Häuser brannten. Das Fahrzeug rückte bis an den Stadtrand vor. Die Show war großartig. Nur wenige Häuser blieben unversehrt, Rudi begann zu rennen. Die Menschen flohen in alle Richtungen in Panik. Auf der Straße liegen zerfleischte Leichen. Eine Alarmsirene stöhnte tragisch. Rudi ging durch den Schutt auf die Kaserne zu. Alf und Bert trafen ihn. Ihre Gesichter waren vom Rauch geschwärzt. Alle Teile der Patrouille bereiteten sich darauf vor, die vielen Menschen zu retten, die unter den eingestürzten Häusern lagen.

„Neulich war nichts im Vergleich zu diesem", sagte Bert keuchend.

Die drei rannten zu einem Ort, an dem Klagen und Schreie erklangen. Rauchende Holzscheite mussten weggeräumt, Mauern niedergerissen, Lebewesen und Leichen aus den Trümmern geholt werden. Kaum ein anderes Haus war von der Bombardierung verschont geblieben. Die Kaserne wurde schwer beschädigt.

"Mir scheint, dass sie die Stadt evakuieren werden", sagte Alf. Zumindest habe ich das vom Leutnant gehört.

Katias Haus wurde fast zerstört. Nur ein kleiner Teil würde gerettet werden, der Ort, in dem sich die für eine Taverne bestimmten

Räumlichkeiten befanden, und ein Teil des Hauses seiner Besitzer. Rad: fühlte, wie sich sein Herz verkrampfte. Der alte Ivan starrte trostlos auf die Ruine seines Hauses. Rudi klopfte ihm auf den Rücken und versuchte ihn aufzuheitern.

Die Bergung dauerte bis spät in die Nacht. Katia und Rudi erinnerten sich nicht mehr an ihr Interview. Der erste war zwei Stunden nach Ende des Bombardements eingetroffen. Sie weinte untröstlich über die Ruinen und widmete sich dann zusammen mit den anderen Frauen der Bewegung und Heilung der Verwundeten. SI-Bombardement hatte auch mehrere benachbarte Städte getroffen. Die Straße war voll von Flüchtlingen, die mit ihren Habseligkeiten, die sie vor der Katastrophe retten konnten, nach hinten zogen.

In dieser Nacht, als die Stadt relativ ruhig war, versammelte der Leutnant seine Männer vor den Ruinen der Kaserne.

„Sammelt all euer Material", sagte er ihnen. Ich wurde dringend zum Kommandoposten gerufen. Wenn ich zurückkomme, müssen sie bereit sein für alles, was der Colonel befiehlt.

Und er fuhr in einem leichten Auto los, das nicht weit entfernt auf ihn wartete. Die Grenadiere waren damit beschäftigt, das Material zu bestellen und oberflächlich zu reinigen. Zum Glück waren Waffen und Munition nicht verloren gegangen.

»Ich sehe die Ereignisse voraus«, murmelte Rudi und blickte geistesabwesend zu der Stelle, wo der Leutnant abgewandert war ... »Und übrigens nicht gut.

KAPITEL XI

»Kommen Sie herein«, sagte Oberst Weiss, als der Leutnant an die Tür seines Regimentskommandeursquartiers geklopft hatte.

Leutnant Wahrenfels stand stramm, Oberst Weiss winkte ihm zu, sich zu setzen. Er war ein großer, stämmiger Mann mit fast kurz geschorenem Haar, der tadellos gekleidet war und eine Uniform trug, in der zahlreiche Orden hervorstachen, die zum Teil aus dem Ersten Weltkrieg stammen, als er als Leutnant in einem Regiment diente die für Länder Frankreichs operierte. Er ging schweigend zu einem Tisch und breitete eine riesige Karte darauf aus. Dann wandte er sich Wahrenfels zu, nahm ihm gegenüber Platz und bot ihm eine Zigarette an.

„Wir müssen reden", sagte er. Er war ein Mann mit wenigen Worten und einem intelligenten und abstrakten Ausdruck. Es ist nicht nötig, die Vorläufigkeit der Angelegenheit zu erläutern, da Sie selbst gerade die Folgen erlitten haben. Kurzum: Die Russen haben die Eisenbahn Leningrad-Sestrorjezc, die unsere Luftfahrt fast vollständig zerstört hatte, wieder in Betrieb genommen, auf ihr fahren wieder Munitions- und Materialzüge. Die dicke Artillerie feuert wieder auf unsere Stellungen. Dies weist auf die Möglichkeit hin, dass sich der Feind auf eine Offensivaktion vorbereitet und versucht, sich aus der Einkreisung zu befreien oder sie so weit wie möglich zu erleichtern.

Er schwieg ein paar Minuten und zog an seiner Zigarette. Leutnant Wahrenfels hörte aufmerksam zu.

„Wie Sie wissen, wird von Sestrorjezc, am Ufer der Ladoga, eine Verbindung mit dem Rest des Landes hergestellt, das noch nicht von unseren Waffen gebändigt wurde. Die damit verbundene Gefahr für unsere Zukunftssicherheit liegt auf der Hand. Wenn Waffen und Vorräte in die Stadt fließen, könnte Leningrad in der Lage sein, eine große Operation durchzuführen, die wir in keiner Weise zulassen können. Das ganze Problem liegt also in der Beseitigung dieser

Eisenbahn, aber in wirksamer und vollständiger Weise, ohne dem Feind die Möglichkeit zu lassen, sie wieder aufzubauen, bis die niedrigen Temperaturen des Winters das Unternehmen unmöglich machen.

Leutnant Wahrenfels lehnte sich in seinem Stuhl zurück. Die Aussicht begann ihm zu gefallen.

"Flugzeugangriffe", fuhr der Oberst fort, "sind immer etwas ungenau. Diesmal dürfen wir nichts dem Zufall überlassen. In einer Besprechung heute Morgen mit der Divisionsleitung waren wir uns einig, dass es am effektivsten ist, eine Patrouille zu entsenden, die rettet so viele Hindernisse wie möglich erreicht, die Bahnlinie erreicht und an verschiedenen Stellen starke Sprengstoffe darauf platziert, um so viel Ausdehnung wie möglich abzudecken.. Es ist mir nicht verborgen, dass die Aufgabe ermüdend und riskant ist, aber Ihre Patrouille kann es, Lieutenant. Wir glauben, dass sie die einzige ist, die dazu befugt ist.Die Wahl ist eine Ehre für Sie.

Der Oberst ging zum Tisch und bedeutete Leutnant Wahrenfels, näher zu kommen. Die riesige Karte des Sektors verlief vom Finnischen Meerbusen bis zum Ladogasee und zeigte sehr detailliert den schmalen Landstreifen, auf dem die Stadt liegt. Er nahm ein Lineal und fuhr fort:

„Passen Sie auf, Lieutenant. Unser Projekt ist folgendes. Wenn Sie Fragen haben, klären Sie diese bitte. Wie Sie sehen, kommt die erste Linie von Pertehof und über Puschkin geht es weiter nach Schlüsselburg. Die vierte Kompanie des zweiten Bataillons ist genau dort "er deutete mit dem Herrscher einen Platz im Flugzeug in der Nähe von Pchira an. An dieser Position werden Sie Ihren Ausgang machen. Die Rückkehr ... Ich überlasse es Ihnen. Sie tragen eine Maschinenpistole mit entsprechender Munition, "Maschinenpistolen", Mango- und Eierhandbomben, Hacke und Vorräte in konzentrierter Form für vier bis fünf Tage. Setzen Sie sich nicht leichtfertig aus. Berechnen Sie alle Ihre Schläge genau. Handeln Sie vorzugsweise nachts. Verstecke dich tagsüber und versuche, dich auszuruhen.

Vergessen Sie nicht die Alarmraketen, falls Sie sie bei Ihrer Rückkehr benötigen. Bereiten Sie sich morgen den ganzen Tag gut vor. Um acht Uhr Nachts fährt ein Lastwagen sie an die Front. Verlieren Sie die enorme Bedeutung Ihrer Aufgabe nicht aus den Augen und denken Sie daran, dass der gesamte Geschäftsbereich seine Entwicklung mit dem absoluten Vertrauen verfolgt, das Ihnen entgegengebracht wird.

Sie waren beide auferstanden, antwortete Leutnant Wahrenfels:

„Ich bedanke mich in meinem Namen und im Namen meiner Fraktion für das Vertrauen, auf das Sie soeben angespielt haben, und seien Sie versichert, dass wir wissen, wie man es zu Gläubigern macht.

Er richtete sich steif auf, und der Oberst schüttelte ihm die Hand.

„Viel Glück, Lieutenant. Ist alles klar?

„Gut, mein Oberst, Sie haben uns das Problem allgemein erklärt. Hinterlassen Sie unsere Kontodaten.

Er lächelte und drehte sich um und verließ das Zimmer. Das gleiche Auto, das ihn gebracht hatte, brachte ihn zurück nach Novo-Litka über die hügelige Ebene, wo Bäume ihre kahlen Äste in den Himmel hoben. Aber der Leutnant verschwendete keine Zeit damit, das Panorama zu betrachten. Sein Gehirn arbeitete unermüdlich von dem Moment an, als der Colonel nach ihm geschickt hatte.

Die ihm gerade anvertraute Mission war für ihn eine enorme Verantwortung. Ein Scheitern bedeutete die Verstärkung der russischen Verteidigung, und der Winter, der sich bereits näherte, verbarg dunkle und vage Drohungen. Die Operation müsste mit außerordentlicher Sorgfalt vorbereitet werden, nichts dem Zufall überlassen.

In Richtung der Front hörte man das Donnern der Artillerie, die die feindliche Verteidigung zerschmetterte. Der Fahrer zeigte nach links, ohne das Auto zu verlangsamen. Mehrere Staffeln von Flugzeugen flogen in Formation. Leutnant Wahrenfels sah mit seinen Feldzwillingen zu. Es waren "Ju 87"-Bomber, begleitet von einer starken Eskorte aus sehr schnellen und leistungsstarken "Messerchmidts 109".

"Es scheint, dass sie auf die Stadt zusteuern", sagte der Fahrer.

"In der Tat. Die Front muntert sich auf, was, Junge? Es war an der Zeit nach so vielen Monaten des Stellungskrieges. Das langweilt jeden.

„Sie haben nie Zeit, sich zu langweilen, mein Leutnant. Manchmal möchte ich dieses verdammte Auto fallen lassen und darum bitten, einer Späherpatrouille wie Ihrem beizutreten.

„Autofahren hat auch seine Vorteile, mein Freund. Vor allem unter bestimmten besonderen Umständen ... Und mir scheint, dass sich diese sehr bald für Sie präsentieren werden.

Die Ruinen der Stadt waren bereits auf der Straße umrissen. Sie betraten die Hauptstraße, frei von Trümmern, aber immer noch fleißig, um Ruinen zu räumen und den Boden zu räumen. Der Wagen hielt vor dem Quartier der Patrouille. Vor der Tür stapelten sich alle möglichen Vorräte.

"Nun, Junge", sagte der Leutnant zum Fahrer, wir sind angekommen. Auf Wiedersehen ... und wenn möglich in Leningrad.

Der Fahrer salutierte. Sein Auto machte eine scharfe Kurve und fuhr wieder in die Richtung davon, woher es gekommen war.

Die Grenadiere hatten die Reste des Geländes bestmöglich konditioniert. Vor den Fenstern wurden Säcke aufgehängt und die Wände abgestützt. Der "Feldwebel" kam, um seinem Leutnant die Nachricht zu überbringen.

„Alle bereit für eine Operation. Ich werde morgen früh als erstes überprüfen. Sie werden den Tag mit der Vorbereitung verbringen. Die Bewaffnung muss gefettet, die Munition vorbereitet und die Bombenzünder überprüft werden. Kümmere dich um all das und beauftrage Unteroffizier Schäfer, sich um die Versorgung zu kümmern. Konzentrierte Rationen für fünf Tage. Lassen Sie niemand seine "eiserne Ranch" vergessen. Wir werden um acht auf die Positionen gehen. Keine Ablenkungen oder Ablenkungen.

Der Feldwebel grüßte. Diesmal war es ernst. Nach der Haltung des Chefs zu urteilen, war es eine große Aufgabe. Er ließ die Männer ausbilden und teilte den erhaltenen Befehl mit.

„Ich wollte diese verdammte Stadt schon verlassen", kommentierte Bert fröhlich.

„Das ist unser Ding! "Alf hinzugefügt." Nichts, um Russen wie Kaninchen zu fangen, sondern mit Energie, Mut und Entschlossenheit anzugreifen. Diesmal werden sie herausfinden, wer Alf Voss ist! Ra, ta, ta, ta! Er tat es und schwenkte eine imaginäre 'Maschinenpistole'.

"Das Festival wird beginnen", sagte er. Rudi". Und wir werden für die Vorbereitung des Feuerwerks verantwortlich sein, mit dem es beginnt. Dieses Mal werden wir Spaß haben, das versichere ich Ihnen.

Und er zog seinen Gürtel enger, als er die Pistole spürte, die daran hing.

KAPITEL XII

In der ersten Morgendämmerung formierte sich die Gruppe auf der Straße. Der Feldwebel Engerling mit seinem braunen Gesicht, Corporal Schäfer, schweigsam und ruhig, die beiden Diener des Maschinengewehrs Rudi, Alf und Bert und die anderen vier Grenadiere, alle starr und fest, mit ihren polierten Stiefeln, ihren sauberen Helmen und der durchdringender und energischer Blick auf seinen Chef gerichtet. Leutnant Wahrenfels gab ihnen einen gründlichen Überblick, wobei er nicht einmal die Knöpfe an den Kriegern verschonte, und fuhr dann fort, den Umfang und den Zweck des Überfalls zu erklären. Die Grenadiere hörten aufmerksam zu.

„Wir müssen wie Füchse schlau sein. Keine Rücksichtslosigkeit oder nutzlose Risiken. Perfekte Koordination und viel Disziplin. Persönliches Handeln ist nur bei wirklichen Schwierigkeiten ratsam. Ich vertraue deiner Intelligenz und deiner Entscheidung. Das Oberkommando und die gesamte Division haben ein Auge auf uns gerichtet... Mehr verrate ich Ihnen nicht. Alle sind um halb sieben hier, bereit zu gehen.

* * *

Um drei Uhr nachmittags erschien Unteroffizier Schäfer mit zwei mit Säcken beladenen Soldaten, um die Kälteversorgung zu verteilen. Jeder Grenadier erhielt ein Dosenbrot, mehrere Dosen mit Kraftfutter, Butter, die er zu diesem Zweck in eine Plastikbox steckte, vitaminisierte Bonbons und eine Flasche "Wodka" mit Schnappverschluss. Die Kantinen waren mit starkem Tee gefüllt. Die Seitentasche war voll. Andere Lebensmittel sollten nach Möglichkeit in feindlichem Gebiet beschafft werden. Dies war die wesentliche Reserve für die vier oder fünf Tage, die der Überfall dauerte.

Alle beschäftigten sich mit den Vorbereitungen und um vier Uhr nachmittags konnte man als fertig gelten. Die Teams waren in perfekter Reihenfolge gestapelt. Unteroffizier Schäfer hatte gerade seine Maschinenpistole wieder zusammengebaut, die er Stück für Stück gereinigt und überarbeitet hatte, und fuhr fort, den Drahtantrieb mit Schwefelpulver zu besprühen. Rudi kam auf ihn zu.

„Ich gehe in die Taverne des alten Ivan", sagte er. Wenn der Feldwebel nach mir fragt, sagen Sie ihm, dass ich ein paar Minuten weg bin.

"Schau, Rudi, mach keine Witze", sagt der verärgerte Korporal.

„Ich brauche keine zwei Minuten. Es genügt, ein paar Worte mit ...

„Ja, bei deiner Blondine wusste ich es schon. Wir werden gehen. Aber wenn sie nach dir fragen, weiß ich nichts. Wegen eines so sturen Mannes habe ich keine Lust, ein Paket zu gewinnen. Bah! Diese Frauen...! Er knurrte abweisend.

Rudi schaute nach links und rechts. Alf und Bert beobachteten ihn. Sie hatten schon lange damit gerechnet, dass das Ereignis eintreten würde. Sie winkten ihm mit der Hand zu, bedeuteten ihm, sich zu beeilen, und zwinkerten ihm zu. Er konnte ihnen vertrauen. Sie waren die besten Kameraden der Welt.

Katia war in dem heruntergekommenen Haus und reparierte so viel wie möglich einige Schäden, die es wieder bewohnbar machen würden. Der alte Ivan nagelte ein paar Bretter. Er nutzte einen Moment, in dem er das Gesicht abgewandt hatte, gab der jungen Frau ein Zeichen, und sie ging auf die Straße.

"Ich muss mit dir reden", sagte der Grenadier.

„Jetzt nicht. Haben Sie nicht die Arbeit gesehen, die uns erwartet? Wenn wir Zeit verlieren, werden wir einen schrecklichen Winter haben. Die Öffnungen müssen abgedeckt werden, damit keine Luft durch sie dringt.

"Wir müssen reden", wiederholte Rudi unflexibel.

„Gut. Was immer du willst. Aber nicht lange. Mein Vater wird wütend sein.

Sie gingen die Straße entlang zum Ausgang der Stadt. In der Nähe des Fichtenhains blieb Rudi stehen, packte sie bei den Armen und sah sie lange schweigend an.

„Was ist los mit dir, Rudi? Gehst du wieder?

Ja, Katja. Aber jetzt bleiben wir ein paar Tage weg … oder vielleicht Wochen. Es hängt alles davon ab, wie uns die Dinge gegeben werden.

„Oh Rudi!" rief sie aus und drückte ihr Gesicht an seine Brust.

Rudi schüttelte es fest.

„Dieses Mal habe ich sie nicht alle bei mir. Außerdem habe ich gehört, dass die Stadt evakuiert werden soll. Daher ist es für uns nicht leicht, hierher zurückzukommen, um uns auszuruhen.

„Ich wusste es. Mein Vater und ich haben beschlossen, mit Verwandten nach Krasnovardeisk zu ziehen, falls die Anordnung wirksam wird.

„Unsere Rückkehr hierher ist zweifelhaft. Jedenfalls bei meiner Rückkehr … wenn mir nichts passiert, werde ich um Erlaubnis bitten und Sie in Krasnovardeisk besuchen. Vergessen Sie nicht, mir die Adressen Ihrer Verwandten zu nennen.

Katja schauderte.

„Ich habe ein Gefühl. Es kommt mir so vor, als wäre diese Trennung für uns beide endgültig.

Rudi lachte gezwungen.

„Sie wissen bereits, dass meine Patrouille die glückliche Patrouille ist. Wir kommen immer wieder, Katia, und diesmal gibt es keinen Grund, etwas anderes anzunehmen. Ich bedaure nur, ein paar Tage damit verbringen zu müssen, dich nicht zu sehen. Nach unserer Rückkehr treffen wir uns in der Stadt. Wir werden in einem Restaurant essen gehen und wie an diesem Tag im Park spazieren gehen … erinnerst du dich? Es wird immer noch besser sein als hier.

Katia weinte lautlos.

„Komm schon, Katia. Sei nicht albern. Diese Stadt ist bereits unbewohnbar. Du musst an einen sichereren Ort ziehen. Außerdem wirst du in der Stadt immer mehr Spaß haben, findest du nicht?

„Mehr Spaß? Ohne dich? Oh Rudi! Sprich keinen Unsinn" und sie verdoppelte ihre Schluchzer.

Rudi hob ihr tränennasses Gesicht und küsste sie lange.

„Ich muss gehen, Katia. Es gibt strenge Befehle und ich möchte meine Freunde nicht kompromittieren.

Sie drückte mehr gegen seinen Körper.

„Nein, Rudi, nein! Geh nicht. Wenn dir etwas passiert, würde ich sterben. Du kannst dir sicher sein.

„Nichts davon. In ein paar Tagen sind wir wieder zusammen. Komm, weine nicht mehr. Gib mir einen Kuss und... „auf wieder sehen."

Sie gingen zum Eingang der Stadt und hielten sich an der Taille fest. Katia wandte sich an den Grenadier.

"'Auf wieder sehen'", sagte er auf Deutsch. Und er rannte nach Hause, ohne den Kopf zu drehen. Rudi blieb ein paar Augenblicke versunken und machte sich dann auf den Rückweg zur Kaserne, nicht ohne vorher einige Vorsichtsmaßnahmen zu treffen.

Die Abfahrtszeit rückte näher. Einige Soldaten anderer Einheiten waren gekommen, um sich von den Grenadieren zu verabschieden, und vor der Tür der Unterkunft herrschte ungewöhnliche Lebendigkeit.

Die Nacht nahte. Auf dem Weg nach vorn überquerte ein Motorradfahrer die Straße. Kurz darauf tauchten am gegenüberliegenden Ortsende mehrere Lastwagen auf, und während die Fahrzeuge Benzin tankten, stiegen die mitfahrenden Soldaten aus, um sich ein wenig die Beine zu vertreten. Rudi dachte angeekelt an die Komplimente, die Katia während seiner Abwesenheit hören würde. Er biss die Zähne zusammen.

Pünktlich um halb acht erschien Leutnant Wahrenfels. Er hatte seinen Helm durch seinen Hut ersetzt und trug volle Feldausrüstung.

Pistole am Gürtel, Munition in Hülle und Fülle, Fernglas, Kantine und Tasche mit Proviant. Der silberne vierzackige Stern glänzte auf seinen Schulterpolstern. Schnell formierten sich die Grenadiere und eine Stimme des "Feldwebels" stand stramm.

„Alles in Ordnung? fragte der Leutnant.

"Alles in Ordnung", erwiderte der "feldwebel", kurz.

Der Leutnant gab der Gruppe einen Überblick. Der Lastwagen wartete in der Nähe. Er gab ein Zeichen, und die Patrouille drehte sich zu ihm um. Der Feldwebel, der Korporal und die neun Grenadiere kletterten nacheinander hinauf und legten ihre Sprengladungen an einem sicheren Ort ab. Der Leutnant nahm in der Kabine neben dem Fahrer Platz.

„Los!" schreien.

Das Fahrzeug startete mit dem lauten Donnern seines starken Motors. Unter der Plane suchte Rudi die Straße ab. Am Ortsausgang blieb eine weibliche Gestalt, fast versteckt zwischen den Bäumen, regungslos stehen und beobachtete den vorbeifahrenden Lastwagen. Rudi warf ihr einen Handkuss zu, und sie antwortete auf dieselbe Weise und murmelte:

„Tschüss, Rudi...! Wir sehen uns!

Der Lastwagen beschleunigte. Die Gestalt wurde kleiner, bis sie im Schatten verschwand. Rudi zündete sich eine Zigarette an, streckte meine Beine aus und machte es sich für die kurze Fahrt so bequem wie möglich.

KAPITEL XIII

Die Passage der feindlichen Linien erfolgte mitten in fast absoluter Dunkelheit und ohne Schwierigkeiten. Die zwölf Männer glitten wie gespenstische Schatten über die Sandsäcke, einer nach dem anderen, lautlos und starrten geradeaus. Der Leutnant marschierte in Führung und deckte das Hinterland, das "Feldwebel", mit der gespannten Maschinenpistole. Die anderen hatten beim Verlassen ihrer Schützengräben ihre Magazine in Position gebracht und trugen eine Handpumpe mit freier Schnur, damit sie jederzeit schnellstmöglich eingesetzt werden konnte.

Niemand verheimlichte, dass das Risiko der Operation enorm und die Verantwortung sehr groß war. Sie waren jedoch bereits an die Aufgabe gewöhnt und agierten mit außergewöhnlicher Gelassenheit, ohne die Nerven zu verlieren oder sich unnötig Sorgen zu machen.

Die russischen Frontgräben wurden zurückgelassen. Die Vorsichtsmaßnahmen haben sich verdoppelt. Einige Nebengräben mussten geräumt werden, und sie liefen jeden Moment Gefahr, auf eine Patrouille zu stoßen oder plötzlich den Kommandoposten einer Kompanie, eines Versorgungsdepots oder eines Quartiermeisterlagers zu treffen, deren Posten aufmerksam die Nacht beobachteten. die Gerüchte.

Leutnant Wahrenfels trug in der durchsichtigen Brieftasche, die ihm um die Hüfte hing, eine sehr detaillierte Karte des Sektors, auf der die möglichen Stellen, an denen die Überwachung besonders war, mit Rotstift markiert waren, nach Angaben der Häftlinge, die einige Tage zuvor erbeutet hatten . Es galt lange Umwege zu machen und nie den Orientierungssinn zu verlieren. Hin und wieder hielten sie alle auf seine Geste hin an, und dann nahm er den kleinen leuchtenden Präzisionskompass aus der oberen Tasche seines Kriegers und begann, ihn sorgfältig zu durchsuchen.

Er hatte, ebenso wie der Feldwebel und der Korporal, an ihrem Geschirr eine quadratische Laterne hängen, mit einer Vorrichtung, mit deren Hilfe die Lichtfarbe leicht geändert werden konnte und die unter Umständen unschätzbare Dienste leisten konnte.

Sie setzten ihren Marsch fort und zerrten dich. Einige Gerüchte klangen. In der Ferne konnte man das schwache Leuchten einiger Fahrzeugscheinwerfer auf den Straßen im vorderen Bereich ausmachen. Zu seiner Linken lag die Stadt Leningrad. Davor hatten sie Kolpino mit seinen durch die Bomben zerstörten Fabriken und weiter rechts Tosna, einen wichtigen Kern an der Autobahn Leningrad-Nowgorod.

Bert, Alf und Rudi gingen hintereinander, ihre Sinne geschärft und den Finger am Abzug ihrer Waffe. Einige Raketen flogen in die Luft und beleuchteten kurz die Umgebung. Die Grenadiere standen regungslos da und warteten darauf, dass das Leuchten verblasste, dann setzten sie ihren langsamen, müden Marsch fort. Am Horizont feuerten Flugabwehr-Maschinengewehre ihre Spuren von Leuchtspurgeschossen gen Himmel. Die Artillerie feuerte auf den russischen Rücken und suchte nach den neu installierten Batterien, die kein Lebenszeichen zeigten. Über den Wolken konnte man das Geräusch von Flugzeugen hören, die sehr hoch fliegen.

Plötzlich blieb der Leutnant stehen, blieb ganz still, am Boden festgeklebt. Die anderen folgten diesem Beispiel.

„Was wird passieren?", murmelte Bert.

„Wir werden es gleich wissen", antwortete Alf. Wenn der Leutnant aufhört, dann weil er etwas Wichtiges gesehen hat.

Eine Gruppe von drei Russen rückte in der Dunkelheit vor. Seine Stiefel machten auf dem harten Boden ein dumpfes Geräusch.

„Ruhe", flüsterte der Leutnant.

Die Russen waren schon sehr nahe. Sie gingen einen Weg entlang, der einige Meter von der Stelle entfernt verlief, an der sich die Männer der Patrouille befanden. Einer von ihnen blieb plötzlich stehen und lauschte. Ohne Zweifel hatte er etwas Verdächtiges gespürt. Rudi war nicht weit von ihm entfernt. Zu seiner Rechten erhob sich eine Art Schuppen. Er stand langsam auf, versteckt an einer der Wände. Seine Kameraden sahen ihn verblüfft an. Was sollte dieser Verrückte tun? Alle legen ihre rechte Hand auf den Griff der Machete. Es bestand kein Zweifel, dass der Russe die Anwesenheit von Menschen am Schuppen bemerkt hatte. Die Momente waren von unhaltbarer Spannung. Sich auf den Russen und seine beiden Gefährten zu stürzen, war gleichbedeutend mit einem Kampf, der sie in wenigen Sekunden entdecken konnte, wenn nur ein anderer Soldat in der Nähe war. Es gab jedoch keine Wahl.

Pojalui poidiate doid.

Der Russe blieb stehen. Er atmete laut.

„Vozmiome zontik", antwortete er lachend. Dobrai Notchi.

Und er ging mit seinen beiden Gefährten davon. Der Leutnant stieß einen tiefen Seufzer der Erleichterung aus, dem die anderen folgten. Als sie weit von der gefährlichen Stelle entfernt waren, zögerte er ein paar Meter, um Rudi die Hand zu geben.

„Gut gemacht, Junge", sagte er ihm kurz und kehrte zum Kopf der Kolonne zurück.

Sie hatten eine Straße in sehr schlechtem Zustand erreicht, die in der Ferne verloren ging, von Dunkelheit verschluckt. In der Ferne leuchteten Lichter aus einigen Baracken. Der Leutnant befahl ihnen, am Ufer entlang zu gehen, etwa zehn Meter vom Graben entfernt. Diese Straße führte zur Hauptstraße, die nach Norden zur Eisenbahn führte.

„Wir sind auf dem richtigen Weg", sagte er schließlich. Wenn wir nicht stolpern, erreichen wir morgen unser Ziel.

„Wir müssen eine Brücke über die Newa überqueren, mein Leutnant. Es wird einer der gefährlichsten Momente sein, denn es besteht kein Zweifel, dass die Russen am Eingang und Ausgang Wachen postieren werden.

„Wir werden sehen, wie wir es lösen können. Am besten immer den Umständen entsprechend handeln beraten. Vorab geplante Pläne nützen nichts.

Die Patrouille ging mit etwas mehr Erleichterung. Das flache Gelände machte das Gehen leicht, und es galt, die Augen offen zu halten, um nicht von einem herannahenden Fahrzeug oder einer Patrouille auf der Straße überrascht zu werden. Der "Feldwebel" drehte sich ständig und erfüllte seinen Auftrag, das Heck zu schützen.

Die Gerüchte von der Front wurden hinter sich gelassen und eine große Ruhe hüllte die Stimmung ein. Doch hinter dieser scheinbaren Erleichterung lauerte die ständige Gefahr, von einem unvorhergesehenen Wächter entdeckt zu werden. Vor seinen Augen tauchte eine kleine Gruppe von "Isbas" auf, die sich auf beiden Seiten der Straße befand. Der Leutnant konsultierte seine Karte.

„Loditzi", murmelte er.

Sie machten einen Umweg, um die Häuser zu umgehen. In einem sang eine Gruppe Russen laut. Vor der Tür waren mehrere Lastwagen zu sehen. Als die Grenadiere schon einige Meter entfernt waren, fuhr einer der Lastwagen an. Plötzlich gingen die Scheinwerfer an, und ein gelblicher Lichtstrahl blitzte an dem Leutnant vorbei, der gerade genug Zeit hatte, sich zu ducken, bevor er entdeckt wurde. Eine Stimme tadelte den rücksichtslosen Fahrer, der sich beeilte, die Scheinwerfer auszuschalten und durch Sicherheitsscheinwerfer zu ersetzen, die nur wenige Meter vom Motor entfernt den Boden beleuchteten.

"Die Dummheit dieser Person hat uns fast viel gekostet", murmelte Leutnant Wahrenfels.

"Aber es hat mich auf eine Idee gebracht", fügte Rudi hinzu und kam näher. Warum nehmen wir nicht einen dieser Trucks raus und können so etwas ausgeruhter weiterfahren?

Der Leutnant dachte einen Moment tief nach.

„Großartig!", rief er schließlich aus." Aber bevor Sie sich ansehen, was im Haus passiert.

Einer der Grenadiere näherte sich vorsichtig. In fünf Minuten war er wieder da.

"Die meisten sind betrunken und mehrere schlafen auf dem Boden", sagte er.

Die Gruppe näherte sich den Fahrzeugen, und während zwei Grenadiere ihre "Maschinenpistolen" auf die Tür richteten, stiegen die anderen in einen von ihnen ein. Bert übernahm das Steuer.

„Fertig?" Die vor dem Haus ausgehängten kamen zuletzt.

Der Lastwagen fuhr mit einem Ruck an. In der "isba" ging der Aufruhr weiter.

„Besser den Truck vorn einholen. Wo immer sie vorbeikommen, werden wir vorbeikommen ", sagte der Leutnant.

Bert gab Gas. Es dauerte nicht lange, da tauchte vor ihm ein rotes Licht auf.

"Bleib ihm nahe", sagte Wahrenfels. Und das Fahrzeug trat in die Fußstapfen seines Vorgängers, dessen Fahrer noch nicht frei von den Dämpfen des kurz zuvor eingenommenen Alkohols schien.

KAPITEL XIV

"Es ist sehr wenig bis zum Morgengrauen", sagte der Leutnant. Wenn wir früh genug an der Brücke ankamen, konnten wir den Truck vielleicht besser überqueren als zu Fuß.

„Die da", antwortete Bert und deutete mit dem Kinn nach vorn, „sind überzeugt, dass wir seine Gefährten sind, die sich in letzter Minute entschlossen haben, die „isba" zu verlassen und den Marsch fortzusetzen.

"Vertrauen wir unseren Glückssternen", sagte der Leutnant.

Die mächtige Newa, ein Fluss, der die Stadt Leningrad von einem Teil zum anderen durchfließt und in den Finnischen Meerbusen mündete, war nicht mehr weit. Sie zu überqueren war die erste Etappe der Operation. Auf der anderen Seite wäre es einfacher zu operieren, da aufgrund der erheblichen Entfernung von der Frontlinie weniger militärische Vorkehrungen getroffen werden.

Der Marsch dauerte eine Stunde. Die Kühle des mächtigen Wasserstrahls lag in der Luft.

„Die Brücke!", rief Bert plötzlich aus und zeigte auf einen verwirrten Schatten, der vor ihnen aufstieg.

Der Patrouillenchef hob den hinteren Vorhang und warnte die Jungen:

„Alle sind ruhig und still, als ob Sie schlafen würden. Rudi, geh in die Kabine.

Das Fahrzeug verlangsamte für einen Moment die Geschwindigkeit und Rudi nahm rechts am Fenster Platz. Sie blieben am Vorderwagen festgeklebt. Am Eingang der Brücke rief eine Stimme:

"Stoi!.

Das erste Fahrzeug wurde langsamer und sein Fahrer steckte den Kopf aus dem Fenster.

"Wir kehren vom Munitionstransport an die Front zurück", sagte er dem Posten. Einige Lastwagen haben in Loditzi übernachtet.

Rudi, der seinen Helm abgenommen hatte, senkte das Fensterglas und fügte hinzu:

„Los! Beeil dich, wir können es kaum erwarten, nach Hause zu kommen!

"Gut. Mach weiter", sagte der Russe.

Und die beiden Lastwagen fuhren langsam an ihm vorbei. Rudi hatte noch eine Sekunde, um dem Posten zu sagen, als er das Glas wieder hob:

"Dobroi notchi, tovarich.

Der Leutnant lächelte und murmelte:

„Die Sache läuft. Jetzt kommt eine sehr flache und entvölkerte Region. Wir werden im Fahrzeug weiterfahren, bis der Tag naht, und dann werden wir es an einem Ort lassen, der keinen Verdacht erregt.

„Wie schade!" rief Rudi aus. Die Morgendämmerung war nah. Als sie eine Straßenbiegung erreichten, sahen sie ein Dorf.

„Wenn der Vordermann weitermacht, bleiben wir am Ausgang. Auf diese Weise werden sie denken, dass wir aufgehört haben, uns ein wenig auszuruhen.

Sie taten dies und ließen das Fahrzeug zwischen zwei Häusern getrennt. Sie stiegen mit größter Verstohlenheit aus und verloren sich in den immer noch sehr dichten Schatten der Nacht.

Die Eisenbahn war jetzt nah. Sobald das Morgenlicht das Laufen im Freien unmöglich machte, suchten sie eine Zuflucht, um ihre wohlverdiente Ruhe zu finden. In der Nähe sahen sie einige verlassene Hütten, vor denen große Haufen geschwärzten Strohs lagen. Sie gingen zu ihnen und versteckten sich bestmöglich zwischen dem Stroh und den schmutzigen Wänden. Der Leutnant nannte seinen "Feldwebel".

„Verteilen Sie die Wachen und lassen Sie alle schlafen.

Sie gruppierten sich auf kleinstem Raum und der erste Lieferant stand als Wache und beobachtete die Umgebung mit Vorsicht. Sie würden jede Stunde abgelöst werden. Die anderen versuchten, sich im Stroh niederzulassen. Sie gruben ihre Vorräte aus und aßen einen Happen. Dann legt sich jeder in die bequemste Position.

Mittags weckte sie ein lautes Geräusch. Der Leutnant stand leicht erschrocken da. Alle starrten auf die Straße. Ungefähr fünf Kilometer entfernt war gerade eine Lastwagenkarawane zum Stehen gekommen, und ihre Insassen zerstreuten sich schnell über das Feld. Ein Trupp "Messerchmidts" griff die Lastwagen mit ihren Maschinengewehren an.

„Niemand bewegt sich von Ihrem Platz!", befahl der Leutnant inmitten des Lärms, der durch das Klappern der Maschinen und das Summen der Motoren erzeugt wurde.

Die Flugzeuge machten mehrere blitzschnelle Überflüge, spuckten Feuer und schossen alles nieder, was ihnen in den Weg kam. Die Insassen der Lastwagen flohen erschrocken. Einige von ihnen flüchteten in Löcher, die sich nicht weit von dem von den Grenadieren besetzten Platz befanden. Begeistert betrachteten sie die eigene Arbeit, ohne jedoch die Russen aus den Augen zu verlieren, auf die sie ihre Waffen richteten.

"Solange sie nicht daran denken, die Häuser mit Maschinenpistolen zu beschießen, weil sie glauben, dass Truppen darin sind", sagte Bert.

„Wir würden ein gutes Geschäft machen", erklärte Alf und starrte in die Luft.

Die Flugzeuge entfernten sich schließlich und verloren sich am Horizont.

„Diese Ungeschickten haben uns fast umgebracht", sagte der Korporal und beobachtete die Spuren der Kugeln in kurzer Entfernung von seinem Unterschlupf.

Die russischen Lastwagen fuhren wieder an. Zwei von ihnen wurden auf der Straße zurückgelassen und eine große Anzahl von Verwundeten wurde gesammelt und zu einem der Fahrzeuge transportiert.

"Es scheint, dass sie gezielt haben", kommentierte der Leutnant.

"Alles, was Sie wollen. Aber können Sie sich das Ergebnis einer guten Dynamitladung vorstellen, die mitten in der Formation platziert wurde?", fragte Rudi, der die Wirksamkeit dieses Verfahrens nicht zugeben wollte.

Von diesem Moment an schlief niemand mehr. Es wurde kurz gegessen und Leutnant Wahrenfels fuhr fort, einige Anweisungen zu geben, da der erste Angriff in dieser Nacht erfolgen würde.

Sie gingen in der Dämmerung. Die Eisenbahn war kaum zwei Kilometer entfernt. Sie kamen über das unwegsame Gelände gekrochen. Der Hang stieg dunkel und bedrohlich an. Die Züge fuhren weit auseinander. Der Korporal bestieg seine Maschinenpistole, und die beiden Diener nahmen zu beiden Seiten Stellung, die Kisten bereit. Zwei Grenadiere rückten mit Sprengladungen mit verzögerten Zündern vor. Seine Operation war für zwei Stunden später berechnet worden, damit die anderen platziert werden konnten. Alle drei würden ungefähr zur gleichen Zeit explodieren und mehrere Kilometer Gleis so vollständig zerstören, dass ihre Reparatur in der kurzen Zeit des Wintereinbruchs fast unmöglich wäre.

Die Ladungen waren perfekt mit Steinen und Erde versteckt. Die Patrouille folgte der Spur, ging auf beiden Seiten, aufmerksam und aufmerksam. Die zweite Ladung wurde platziert. An dieser Stelle kurvte die Straße. Sie wollten gerade den dritten Platz machen, als der Leutnant seine Jungen aufhielt. In der Ferne war eine Eisenbrücke zu sehen. Der Leutnant starrte ihn mit funkelnden Augen an.

„Groß!" „Bestellt." Wir werden die dritte und vierte Ladung für etwas Besseres reservieren. Siehst du die Brücke? Wenn wir sie versenken, werden die Umlaufmöglichkeiten auf diese Weise in einigen Monaten vollständig ausgeschaltet.

Aber Sie müssen sich beeilen, mein Leutnant. Die anderen beiden Lasten arbeiten bereits", zeigte der „feldwebel-bel" an. Wir können keine Sekunde verschwenden, und am Eingang und am Ausgang stehen höchstwahrscheinlich Wachen.

„Und wozu sind wir hier? sagte Rudi und zeigte auf sich und seine beiden Begleiter.

„Los, Jungs", befahl der Leutnant.

Rudi, Alf und Bert glitten wie Reptilien und schwangen ihre Macheten. Der erste Wachtposten war in seinen Umhang gehüllt, vollkommen zu unterscheiden. Die drei Grenadiere gingen den Hang hinunter, bis sie fast die Wasserkante berührten. Die stählerne Masse überragte ihre Köpfe in ihrem gewundenen Rahmen. Sie kletterten an den Metallbalken entlang. Das Rauschen des Wassers verdrängte seine Schritte. Der erste Wächter fiel mit einem präzisen Machetenschlag. Der zweite hatte einen Moment der Angst, aber bevor er aufschreien konnte, packte eine Hand seine Kehle und Bert brachte ihn mit seiner Hacke zu Boden. Sie kehrten zurück, um den Rest der Patrouille zu informieren, dass die Straße frei sei.

Vier Grenadiere setzten die Ladungen auf die Schwachstellen der Brücke, während die anderen Wache hielten. Die Aufgabe dauerte länger als erwartet, da sie aufgrund der herrschenden Dunkelheit schwierig durchzuführen war. Der Leutnant sah auf seine Uhr. Es dauerte nur kurze Zeit, bis die erste und die zweite Ladung explodierten. Und bevor das passierte, musste sie die anderen an Ort und Stelle haben und weit genug wegkommen, um sicher zu sein. Die Jungen arbeiteten fieberhaft daran, die Dynamitstangen mit Draht zu sichern. Plötzlich versteifte sich der Feldwebel, lauschte aufmerksam und hockte sich hin, legte ein Ohr an die Reling.

„Ein Zug kommt! ", verkündete er, unfähig, eine leichte Nervosität zu verbergen.

„Du musst dich beeilen! Befahl dem Leutnant.

KAPITEL XV

Endlich kehrten die Grenadiere nacheinander zurück. Die Gebühren wurden fast auf Null gesetzt. Der Zeitpunkt der Explosion rückte näher.

„Zum Rennen!", befahl der Leiter der Patrouille.

Sie rannten den Hang hinunter, verfehlten die Felsen und versenkten ihre Stiefel im Schlamm, der um sie herumspritzte und ihre Gesichter bespritzte.

Der Zug näherte sich. Sie liefen mehr als einen Kilometer. Schließlich fielen sie auf ein Zeichen des Leutnants keuchend zu Boden. Sie suchten hinter einer Erhebung des Bodens Deckung und warteten mit Nerven, die kurz vor der Explosion standen. Es dauerte einige Minuten, bis die Ladungen explodierten. Der Konvoi bestand aus einer guten Anzahl von Waggons.

„Und wenn sie Munition hätten, mein Leutnant? "Gefragt Rudi." Was für ein Feuerwerk!

„In diesem Fall wäre unsere Aufgabe erledigt. Aber werden wir so viel Glück haben?

"In sehr kurzer Zeit werden wir es wissen", sagte der 'Feldwebel'. Wenn nur die Gebühren nicht scheiterten!

Die Stille war vollkommen. Die Lokomotive hatte bereits das Gelände des ersten Bergwerks passiert und war dem zweiten sehr nahe. Er ist auch darüber hinweggegangen. Er wollte die Brücke betreten. Der schwarze Rauch aus seinem Schornstein hob sich gegen die Dunkelheit des Himmels ab. Plötzlich erschütterte eine schreckliche Detonation die Atmosphäre. Ein grelles Licht erhellte alles. Schienenbrocken und riesige Felsbrocken wurden in einer sehr schwarzen Rauchwolke durch die Luft gewirbelt, und als sie zu Boden krachten, explodierte die zweite Mine und erwischte den letzten Wagen direkt. Im selben Moment bäumte sich die Lokomotive wie von einer gigantischen Hand gehoben, drehte sich um und brach unter einem unbeschreiblichen Getöse auf die Seite, während die Brücke sank, die Stützen vom Dynamit gebrochen, zwischen einer Masse verdrehter Träger und Zement, dazwischen, überwältigendes Knarren. Einer der Vorderwagen flog mit einem dumpfen Aufprall und trug zur totalen Zerstörung bei. Die Arbeit kann als perfekt bezeichnet werden. Der Leutnant und seine Jungen beobachteten das Spektakel mit geballten Fäusten und leuchtenden Augen.

Von der Unfallstelle gingen große Flammen auf. Die Autos brannten mit einem stechenden Geruch.

"Lass uns keine Zeit verschwenden", sagte der Leiter der Patrouille. Du musst so schnell wie möglich hier raus. Sollen wir überrascht sein, wenn wir über unsere eigene Leistung nachdenken?

Die Gruppe machte mobil. Sie mussten in Zwangsmärschen abziehen, um nicht von den Russen erwischt zu werden. Einige Suchscheinwerfer gingen an, und in der Ferne war das Gebrüll von Fahrzeugen zu hören.

"Im Moment denken sie, es war die Luftfahrt", sagte Bert. Aber es wird nicht lange dauern, bis sie die Wahrheit erfahren. Wenn dies der Fall ist, sollten wir besser von hier weg sein.

Sie rannten durch das Land, ohne einen Moment anzuhalten, besessen von dem Wunsch, möglichst viel Bodenfreiheit zwischen sich und die Katastrophe zu bringen.

Plötzlich hörte Leutnant Wahrenfels, der in Führung lag, auf, hektische Gesten zu machen. Alle wurden langsamer. Vor ihnen, ziemlich weit entfernt, näherten sich Patrouillen in zügigem Tempo. Die Grenadiere waren in einer kleinen Mulde gruppiert, während die Russen auf beiden Seiten denunzierten. Als sie die Straße erreichten, duckten sie sich in den Graben. Zwei Lastwagen und einige Krankenwagen kamen.

"In wenigen Minuten wird sich die Nachricht in diesem Sektor verbreitet haben", sagte der Leutnant. Die Flucht wird schwierig sein,

Jungs. Es wird notwendig sein, Mut und kaltes Blut zu sammeln. Lasst uns der Straße folgen und immer Abstand zu ihr halten.

"Das Schlimmste wird sein, den Fluss zu überqueren", sagte Rudi. Da wir nicht schwimmen...!

"Wir sollten ein gutes Bad nehmen", fügte Alf hinzu, "nach dem, was wir beim Laufen geschwitzt haben.

Rechts hatten russische 15,5-Batterien begonnen zu feuern. Die Blitze folgten rhythmisch und das Pfeifen der Geschosse wurde auf ihrem Weg zu den deutschen Schützengräben wahrgenommen.

„Warum fliegen wir sie nicht auch, mein Leutnant?, fragte Rudi.

„Hör auf, Witze zu machen und verliere nicht den Boden, auf dem du dich befindest! Der eine ermahnte ihn.

Sie kamen in rasantem Tempo voran. Der Leutnant orientiert sich. Der Fluss war nicht weit. Es lag eine gewisse Kühle in der Luft.

"Denken Sie nicht einmal daran, die Brücke zu überqueren", sagte der Leiter der Patrouille. Sie werden ihre Wachsamkeit verdoppelt haben.

„Wie viel Spaß hatten wir auf dem Weg nach draußen! rief Alf aus.

„Wie dankbar wären meine Füße, einen guten Truck zu finden! murmelte ein Grenadier.

„Wir werden uns auf der anderen Seite ausruhen.

Die Steigung begann. Nach kurzer Zeit nahmen sie den Glanz des Wassers wahr. Der Großteil der Brücke erhob sich in kurzer Entfernung. Eine Gruppe Soldaten bewachte den Eingang. Es wurde die Möglichkeit diskutiert, sie durch einen kräftigen Schuss der Maschinenpistole zu beseitigen und alles zu übergehen, aber der Leutnant war der Meinung, weiterhin Vorsicht walten zu lassen. Das Beste war, die Ufer zu erkunden. Vielleicht gab es eine Möglichkeit, den Fluss zu überqueren, ohne dass die Russen es bemerkten. In diesem Fall würden sie eine aktive Wache halten, ihnen glauben auf der anderen Seite und ihr Rückzug wäre einfacher.

Sie versteckten sich zwischen den Kräutern. Das "Feldwebel" entsandte drei Grenadiere zur Erkundung der Umgebung. Die Jungen gingen schweigend davon. Kurz darauf gaben sie wieder Vollgas.

"Es gibt ein Boot ganz in der Nähe von hier", berichteten sie.

„Können wir alle passen?", fragte der Leutnant.

„Das bezweifle ich. Und noch mehr das Tragen der Waffen und der beiden Munitionskisten", lautete die Antwort des Grenadiers.

„In diesem Fall werden wir zwei Phasen durchlaufen.

Der Leutnant, der Korporal und fünf Soldaten stiegen in das schwache Boot, das gefährlich schaukelte und beinahe kenterte. Alf, Bert, Rudi, zwei weitere Grenadiere und der "Feldwebel" warteten am Ufer. Die Minuten vergingen langsam, während das Boot, angetrieben von den Rudern, davonraste. Er brauchte mehr als eine halbe Stunde, um zurückzukommen. Die sechs Grenadiere kletterten mit großer Vorsicht auf das leichte Boot, überladen. Sie hatten kaum angefangen zu rudern, als vom Ufer Rufe erklangen.

„Du musst dich beeilen! "Sagte Rudi." Mir scheint, wir wurden entdeckt.

Die Ruder tauchten hastig ins Wasser und das Boot fuhr schneller.

„Wir gehen lieber ein bisschen mit dem Strom, um sie aus den Socken zu hauen", riet Alf.

Das Boot fuhr auf einer steilen Diagonale vor. Am Ufer blitzten Fackeln auf, und Kugeln begannen zu pfeifen.

"Wenn wir es schaffen, in der gleichen Richtung zu bleiben, wären wir bereits liquidiert", sagte ein Grenadier und beobachtete die kleinen Jets, die die Geschosse in die Höhe schossen.

Sie ruderten mit neuem Elan. Das Ufer war schon nah. Sie dockten flussabwärts von der ersten Hälfte der Patrouille an. Der Leutnant war offen gesagt besorgt. Schließlich verkündete einer der Jungs:

"Hier kommen Sie!

Die beiden Gruppen trafen sich.

„Es wird hässlich, mein Leutnant", sagte Rudi und wischte sich mit dem Taschentuch die Stirn. Diese Kugeln verheißen nichts Gutes.

„Die Aussichten haben sich zwar verschlechtert", stimmte der Leutnant zu, „aber es ist nicht hoffnungslos. Das Schlimmste ist, dass der Tag naht Helm und trage ihn hängend an unserem Gürtel.

Sie gingen weiter, in einer engen Gruppe. Die Klarheit wurde von Moment zu Moment größer. Der Leutnant wollte nicht anhalten, um sich auszuruhen, bis die Entfernung zwischen ihnen und dem Fluss so weit wie möglich zunahm. Schließlich gab er mittags das Stoppschild. In kurzer Entfernung wurden einige "Isbas" beobachtet. Der Leutnant beobachtete sie mit seinen Feldmanschettenknöpfen:

"Sie sind von Soldaten besetzt", sagte er. Wir werden einen Umweg machen müssen.

„Noch mehr Umwege? Rudi beschwerte sich.

„Aufpassen! Körper zu Boden!" Bestellte das „Feldwebel."

Ein Trupp Reiter galoppierte über die Ebene. Man konnte ihre Ledermützen und die Gewehre sehen, die sie auf ihren Schultern trugen.

"Wenn sie im ganzen Landkreis Patrouillen gestartet haben, sehe ich etwas Schwieriges, um aus dieser Falle herauszukommen", sagte Bert.

"Für die Wahrenfels-Patrouille gibt es nichts Schwieriges", sagte Rudi. Schreibe dir das ins Gedächtnis: Wir müssen zurück, hörst du ...? Und wir werden zurückkehren.

KAPITEL XVI

Sie machten einen langen Umweg, um die "Isbas" zu umgehen, und wurden nach einem langen Spaziergang zurückgelassen. Sie fuhren in sumpfiges Gelände. Überall wuchsen hohe Gräser und die Luft war faul und faul.

"Guter Ort für einen Hinterhalt", sagte ein Grenadier.

„Von ihnen zu uns... oder umgekehrt? Fragte Rudi.

"Ich glaube, wir haben keine Zeit, es vorzubereiten", mischte sich der Leutnant ein. Öffne deine Augen weit und lass dich nicht ablenken. Ich mag dieses Gelände überhaupt nicht.

Sie folgten einem kaum wahrnehmbaren Weg. Rechts und links versank die weiche Erde unter seinen Füßen. Plötzlich blieb der Leutnant, der an der Spitze marschierte, mit einer Handbewegung stehen. Der Feldwebel näherte sich. Vor ihnen lagerte eine Patrouille, die sich ausruhte. Es würden ungefähr zwanzig Männer sein, wild aussehend und wild, ihre Köpfe mit einer hohen Pelzmütze bedeckt.

"Kosaken" sagte der "Feldwebel" mit leiser Stimme.

"Wir können unseren Weg nicht ändern oder einen Umweg machen", erklärte der Leutnant nach kurzem Nachdenken. Auf der anderen Seite ist ein Zurückgehen unmöglich. Sind Sie entschlossen?

Die Grenadiere nickten. Rudi streichelte seine Machete. Alf und Bert führten zwei Handpumpen. Die anderen stellten die Gruppe mit ihren "Maschinenpistolen" auf.

„Lärm oder kein Lärm? Fragte Rudi.

Das "Feldwebel" zeigte nun nach vorne. Auf der nahen Straße war ein stehender Lastwagen zu sehen.

„Geh für sie und für den Truck! "Es war der knappe Befehl von Leutnant Wahrenfels." Es hängt alles davon ab, überraschend auf die Gruppe zu fallen.

Auf ein Signal ihres Kommandanten hin griffen die Grenadiere als ein Mann an und feuerten ihre „Maschinenpistolen" ab. Zwei Russen sind gefallen. Die anderen schafften es, sich zu sammeln und bildeten einen festen Kern und gingen zu einer verzweifelten Verteidigung über. Die Grenadiere griffen zu ihren Macheten. Es gab keine andere Wahl, als zu gewinnen oder zu sterben. Der Kampf begann heftig von beiden Seiten, zwischen Denunziationen und Wutausrufen. Rudi brüllte und drückte den Hals seines Gegners, bis seine Knöchel schmerzten. Der Russe versuchte, ihm ein Bein zu stellen, aber er wich ihm geschickt aus und warf ihn, indem er die kräftigen Muskeln seiner Arme anspannte, zu Boden. Seine Machete erhob sich zweimal in die Luft, blutbefleckt. Die anderen Grenadiere kämpften wie Löwen.

„Lass keinen von ihnen entkommen! Der Leutnant schrie inmitten des herrschenden Chaos. Schläge und Macheten hallten von tragischem Gemurmel wider. Einer der Russen hatte sein Gewehr abgenommen. Bert stürzte auf ihn zu, riss ihn weg und versetzte ihm einen gewaltigen Schlag auf den Kopf. Der Kosak stöhnte leise, als er zusammenbrach. Er klickte kurz. Alf hatte gerade drei Gegner eliminiert, die in Reichweite gekommen waren. Der Feldwebel feuerte methodisch seine Pistole ab, ohne ein einziges Projektil zu verfehlen, als wäre er in einem Kampf.

Nur vier Russen leisteten Widerstand, aber der war nur von kurzer Dauer. Zwanzig Leichen lagen auf dem Boden. Einige der Grenadiere wurden verwundet, wenn auch zum Glück nur leicht. Es war keine Minute zu verlieren.

„Zum Lastwagen! Befahl dem Leutnant.

Bert warf sich hinters Steuer, Rudi sprang neben ihn und richtete seine "Maschinenpistole" aus dem Fenster. Der Leutnant tat dasselbe mit gespannter Pistole. Die Grenadiere waren nach hinten geeilt. Unteroffizier Schäfer platzierte seine Maschinenpistole auf dem Cockpit und befestigte ein Klebeband.

Der Lastwagen sprang an und war innerhalb von Sekunden mit halsbrecherischer Geschwindigkeit unterwegs. Sie kamen an einer Häusergruppe vorbei. Als er sich umschaute, konnte Alf einige Leute aus den Toren kommen sehen, die das wuchernde Fahrzeug verwundert anstarrten. Die Rettung der Patrouille hing davon ab, dass der Motor nicht ausfiel oder der Treibstoff ausging.

Nach einem Gerangel auf der Straße, das Bert leichtfertig nahm, eine Staubwolke aufwirbelte und die Räder zum Quietschen brachte, tauchte plötzlich eine große Gruppe von Soldaten auf, vielleicht eine Kompanie, die sie vollständig blockierte, Bert trat aufs Gaspedal. Ein Offizier gab ein paar hastige Befehle. Der Korporal drückte ab. Die Maschine ratterte von ihrem unsicheren Standort, und ein Schwall von Kugeln säte Tod und Panik in den Reihen der Russen und öffnete eine Lücke, durch die das Fahrzeug hindurchschoss. Zwei Maschinengewehre antworteten, aber die Kugeln richteten keinen Schaden an.

„Das funktioniert erstmal! rief Rudi aufgeregt.

Der Leutnant blickte finster geradeaus. Es war ihm nicht verborgen, dass die Gefahren fast unüberwindbar wurden. Die Nachricht, dass eine deutsche Erkundungspatrouille gerade die Brücke gesprengt hatte und die Eisenbahn bereits wie ein Lauffeuer kursierte. Alle Posten würden gewarnt und die Überquerung der russischen Linien würde zu einer Kompanie von Titanen werden.

Plötzlich tauchten die ersten Häuser einer Stadt auf. Der Leutnant studierte die Karte.

„Loditzi", sagte er. Erinnerst du dich nicht?

„Ich denke schon!" rief Bert aus." Machen wir eine Pause, um etwas zu trinken?

"Wir müssen diesen Lastwagen verlassen, sobald wir fünf oder sechs Kilometer von der Stadt entfernt sind", kündigte der Leutnant an.

„Schade!", klagte Rudi." Mit was hat mir dieses Rennen gefallen!

Nach den letzten paar Häusern wurde Bert langsam langsamer. Der Benzintank war jetzt fast leer. Aus dem Kühler stieg eine Rauchwolke auf. Er schob den Lastwagen in einige Büsche und die Grenadiere sprangen zu Boden.

„Puh!" Alf keuchte." Ich habe es lieber mit den Russen zu tun als mit diesem teuflischen Bert.

Alle nutzten die kurze Atempause, um etwas aus ihrer Kantine zu trinken. Der Durst brannte in ihren Kehlen von dem Staub, den sie im Flugrausch verschluckten.

"Von jetzt an werden wir mit äußersten Vorsichtsmaßnahmen weitermachen", sagte der Leutnant. Die Linien sind eng, und in ihnen wird der Feind die maximale Wachsamkeit aufgebaut haben. Wir werden uns bis zum Einbruch der Dunkelheit verstecken und die letzte Etappe unserer Mission unternehmen.

Sie versteckten sich zwischen einigen Rissen im Boden und während zwei Grenadiere zusahen, versuchten die anderen, einen kurzen Schlaf zu verhindern. Am späten Nachmittag begab sich der Leutnant zu einer Inspektion der Waffen und Vorräte. Sie hatten noch genug Munition, die Raketen waren intakt und sie trugen noch ihren Bombenvorrat. Die verwundeten Grenadiere waren mit ihren Feldverbänden verbunden und konnten bis zum Ende durchhalten. Der Leutnant empfahl, Kraft für die entscheidende Anstrengung zu sammeln, sich nicht von Nervosität mitreißen zu lassen und jederzeit maximale Gelassenheit und Vorsicht zu bewahren.

Sie aßen die Reste ihres Proviant und gossen den übrig gebliebenen "Wodka" in ihre Kantinen, um die Flaschen zu entsorgen.

Um acht Uhr gab Leutnant Wahrenfels den Marschbefehl. Die müden Grenadiere versuchten, ihre Truppen nicht im Stich zu lassen. Der endgültige Erfolg seiner Mission hing davon ab. Es war notwendig, die Energien bis zu dem Moment aufrechtzuerhalten, in dem sie ihre eigenen Grenzen wieder überschritten. Der Vormarsch begann ohne Niederschlag. In der Ferne war das Leuchten von Raketen zu hören und das gedämpfte Geräusch der Schüsse drang an seine Ohren. Der Leutnant marschierte mit seinem Kompass in der Hand gelassen und teilnahmslos voran.

Sie befanden sich im sehr gefährlichen Nachhutsektor, in der Nähe der Frontlinien, wo Dienste eingerichtet sind und wo man jeden Moment auf Wachen oder Patrouillen stoßen kann.

Der Leutnant blieb stehen. Die anderen schlossen sich ihm an. Er winkte mit der Hand nach vorne. „Das ist die Adresse", murmelte er. Der Blick nach vorne ... und was auch immer es braucht, man muss durch.

KAPITEL XVII

Rudi trat mit einem Bündel in der Hand auf den Leutnant zu. Es war ein russischer Umhang, den er verlassen neben einer Baracke gefunden hatte.

„Vielleicht kann es uns helfen", flüsterte er.

Die Posten wurden immer zahlreicher. An manchen Stellen wurden ihre Silhouetten wahrgenommen und überall fragten Stimmen nach dem Passwort.

Die Patrouille hielt im Schutz einiger Häuser an, und Rudi spitzte die Ohren, um das kostbare Wort zu erkennen, das in einem bestimmten Moment bedeuten könnte, dass sich die Tür zu ihrer gewünschten Freiheit vor ihnen öffnete. Zwei Soldaten passierten eine sehr kurze Strecke. Einer von ihnen sprach. Rudi hat aufgepasst.

"Wie ist das "...? Oh ja! Bostok Zapade. Ich hatte vergessen.

„Gut. Ich habe es schon erwischt", murmelte Rudi, als sie vorbei waren.

Die Gräben waren schon dicht. Das Schießen klang nah und die Raketen wurden von der anderen Seite aufsteigen wahrgenommen.

Sie folgten einem Evakuierungsgraben mit den "Maschinenpistolen" bereit. Sie gingen in einer Reihe, etwas beabstandet. Der Graben war sehr flach und irgendwann konnten sie in Sicherheit springen. Zwei Wachen zeichneten seine Silhouette aus nächster Nähe. Gleich dahinter war der Hauptgraben und dahinter das Niemandsland.

"Wenn wir damit fertig sind, können wir das Spiel als gewonnen betrachten", murmelte der Leutnant.

Rudi zog seinen Umhang an. Er schritt auf einen von ihnen zu.

"Groß! Wer geht Das Passwort!

„Bostok Zapade", antwortete Rudi und näherte sich. Einmal vor dem Posten richtete er seine Waffe auf seinen Bauch und fügte hinzu: ". Sag dem anderen, er soll näher kommen.

Der verängstigte Russe gehorchte. Sein Begleiter ging auf sie zu. Rudi sprang zurück und bedeckte die beiden mit seiner "Maschinenpistole" und winkte seinen Gefährten zu. Bert und Alf kamen schnell. Es gab zwei dumpfe Schläge. Die anderen Grenadiere hatten mit der Arbeit am Zaun begonnen und einen Weg freigemacht. Sobald es praktikabel war, rutschte die gesamte Gruppe auf die andere Seite. Der Leutnant holte tief Luft. Es war jedoch nicht ratsam, zu selbstsicher zu sein. Sie könnten sogar auf eine feindliche Spähpatrouille stoßen oder sich den Kugeln Ihrer eigenen Maschinengewehre aussetzen. Sie kauerten sich vor. Der Leutnant orientiert sich wieder. Die Position, von der sie ausgegangen waren, war etwas rechts. Es war besser, nicht länger in diesem gefährlichen Gelände zu bleiben.

"Lass einen gehen", deutete er dem "Feldwebel" an. Er rief den nächsten Grenadier, der mit großer Vorsicht vorrückte. Eine etwas entfernte Stimme war zu hören:

„Groß! Das Passwort!

Der Grenadier kehrte zurück. Die Patrouille setzte sich in Bewegung. Es gab keine Stufe auf dem Zaun und sie mussten zum nächsten rutschen. Beim Sprung in den Graben rief Rudi aus:

„Dieses Mal dachte ich wirklich, wir würden es nicht zählen!

„Was für ein Pessimist! "Antwortete Bert." Nun, ich war sicher, zurückzukehren. Haben wir jemals versagt?

„Ruhe!" befahl der Leutnant." Dass wir noch nicht zu Hause sind.

Er betrachtete seine Gruppe mit Stolz, eine weitere Mission wurde erfüllt. Und dieses Mal war die Aufgabe ihrer würdig gewesen. Seine Kollegen aus dem ganzen Sektor und das Oberkommando konnten gelassen den folgenschweren Moment abwarten, in dem die Offensive begann, die die letzten Verteidigungsanlagen der belagerten Stadt zerstören würde. Die Eisenbahn, die Munition und Vorräte an diese lieferte, würde nicht zurückkehren, um zu zirkulieren. Der einzige

Zweig, der die bevölkerungsreiche Stadt mit der Außenwelt verband, hatte aufgehört zu existieren.

„Los, Jungs. Und diesmal haben wir uns eine gute Erholung verdient.

„Wenn sie es uns genießen lassen...", kommentierte Rudi sarkastisch.

Leutnant Wahrenfels interviewte kurz den Kapitän der Kompanie, die diesen Sektor von der Front abdeckte, und überbrachte ihm die Nachricht von seiner Rückkehr. Kurz darauf fuhren sie in einem Lastwagen, der Vorräte entlud, zum Kommandoposten des Bataillons. Major Braun empfing sie mit größter Herzlichkeit. Nachdem der Leutnant ihm das Ergebnis mitgeteilt hatte, stand er auf und schüttelte ihm warm die Hand.

"Ich hoffe", sagte er, dass das Divisionsoberkommando den Wert seiner Aufgabe erkennt. Was mich betrifft, ich gratuliere Ihnen von ganzem Herzen.

Er ließ den Grenadieren Kaffee servieren und stellte ihnen ein Fahrzeug zur Verfügung, mit dem sie zum Kommandoposten des Bataillons fahren sollten, wo der Leutnant seinen Oberst über die zufriedenstellenden Ergebnisse der Kompanie informieren musste.

Sie gingen sofort. Das kleine Dorf tauchte bald auf, und während die Grenadiere in einem nahegelegenen Haus wohnten, ging der Leutnant auf die "Isba" zu, in der Oberst Weiss lebte. Als er sich vor seinem Vorgesetzten wiederfand, versteifte er sich und verkündete mit ruhiger Stimme:

„Das Ziel ist erreicht. Die Bahnstrecke ist komplett zerstört.

Colonel Weiss zwang ihn, sich zu setzen, befahl seinem Assistenten, Kaffee zu bringen, und bat den Leutnant:

„Erzählen Sie mir von der Operation in allen Einzelheiten. Ehrlich gesagt hatte ich dich nicht so früh erwartet. Ich darf mich jetzt nicht vor Ihnen verstecken, da wir um Ihre Sicherheit gefürchtet haben.

Leutnant Wahrenfels brauchte einige Zeit, um seine Geschichte zu Ende zu bringen. Es wurden keine Details hinterlassen. Der Oberst nickte mit dem Kopf.

„Meine herzlichsten Glückwünsche", sagte er am Ende, „die ich den Jungs seiner Gruppe ausspreche. Diesmal hoffe ich, dass Ihre Verdienste in einer Weise belohnt werden, die Ihrer würdig ist: Sie werden sofort nach Krasnovardeisk aufbrechen. Die Stadt Novo-Litka wurde evakuiert. Sie werden in der Stadt so lange ruhen, wie es das Kommando für angemessen hält und dass diese Zeit lange dauern kann. Es ist nicht leicht für den Feind, uns wieder zu belästigen. Unsere Luftfahrt und unsere Artillerie werden es tun Geben Sie einen guten Bericht über diese schwerkalibrigen Geschütze, andererseits ist ihre Existenz ohne Munition prekär, und jetzt ruhen Sie sich kurz bis zum Morgengrauen aus.

Leutnant Wahrenfels schloss sich seinen Grenadieren an. Im Hause herrschte die aufrichtigste Freude, die noch gesteigert wurde, als erfuhr, dass sie in die Stadt gingen. Nur wenige von ihnen schliefen in den wenigen Stunden bis zum Morgengrauen, Rudi dachte an Katia. Würde er sie wohlbehalten finden? Hatte er die Stadt verlassen? Er war bereit, überall nach ihr zu suchen. Seine Liebe zu der jungen Frau war während dieser kurzen, aber äußerst gefährlichen Trennung gewachsen.

Nach dem Frühstück verließen sie die Stadt. Die Felder glitten zu beiden Seiten des Fahrzeugs vorbei, golden in der Morgensonne. Die Grenadiere sangen vor Freude. Sie passierten mehrere Städte und Dörfer, deren Bewohner ihren üblichen Aufgaben nachgingen. Eines der Dörfer zeigte die Spuren eines kürzlich erfolgten Angriffs der russischen Luftfahrt. Mehrere "Isbas" brannten.

„Anscheinend heitern sie auf", sagte jemand.

„Es wird nicht mehr lange dauern", antwortete Alf. Der Putsch hat seine letzten Widerstandschancen beendet. Ich wette, was Sie wollen, bevor der Winter Leningrad eingenommen ist.

„Und an welche Front werden sie uns als nächstes führen? Fragte Bert.

„Weiß jeder!" rief der Korporal aus." Vielleicht gehen wir zurück in den Süden.

„Ich für meinen Teil bleibe lieber hier", murmelte Rudi.

„Natürlich! Neben deiner Blondine, oder?", fragte Bert abweisend.

„Das alles gefällt mir nur", erklärte Rudi lächelnd.

„Mutiger Narr! rief Alf aus. Gefallen Sie daran! Haben Sie schon einmal so einen Unsinn gehört?

Sie betraten die Außenbezirke von Krasnovardeisk. Ein Posten hielt den Lastwagen an.

"Es ist die Patrouille Wahrenfels, die von einer Operation zurückkehrt", sagte ihm der "Feldwebel".

Der Posten rief nach einem weiteren Soldaten.

"Ich habe den Auftrag, Sie zu Ihrer Unterkunft zu bringen", sagte dieser und gab dem Fahrer den Weg, in den Lastwagen einzusteigen. Schließlich hielten sie vor einem gut aussehenden Haus.

„Gut!", rief der Leutnant aus. „Wir sind endlich angekommen. Nieder mit allen...! Und versuchen Sie, sich auszuruhen, bevor Sie Ihre Streifzüge durch die Stadt beginnen.

KAPITEL XVIII

Am selben Nachmittag machte sich Rudi auf die Suche nach Katia. Die Schilder, die die junge Frau kurz vor der Trennung in Novo-Litka auf einen Zettel geschrieben hatte, zeigten eine Straße in Richtung eines der äußersten Viertel an. Trotz seiner Müdigkeit machte sich Rudi auf den Weg.

Er überquerte Straßen und Straßen, durch die eine schlecht gekleidete Menge streifte, und mischte sich unter Soldaten aller Waffen. Die Restaurants und Tavernen waren voll. Die Animation war konstant. Mehrmals fragte er Passanten nach dem Weg. Er passierte riesige Gebäude und durchquerte eine baumbewachsene Schlucht, die einst ein Park gewesen sein musste.

Er befand sich in der Nachbarschaft gegenüber der, aus der er gekommen war. Er sah ein riesiges Lager mit Kriegsmaterial. Panzer und Kanonen waren in Segeltuchhüllen gehüllt, die durch die Kälte der Nacht gehärtet waren. An einer Ecke blieb er stehen. Katia Straße war ganz in der Nähe. Weiter gelaufen. In wenigen Minuten war er an einer belebten Kreuzung. Zwei Cafés besetzten die Ecken. Rudi dachte, es wäre vielleicht besser, etwas zu trinken und dann vor dem Haus zu warten. Wenn Katia nicht herauskam, würde sie direkt nach ihr fragen.

Er nahm an einem der Tische auf dem Bürgersteig Platz. Er sah hinein. Die Gönner, meist Soldaten, füllten die Räumlichkeiten. Mehrere Kellnerinnen kamen und gingen ständig. Plötzlich setzte ihr Herz einen Schlag aus.

„Katia!" schreien.

Die junge Frau wollte gerade das Tablett fallen lassen, das sie trug. Sie kam auf ihn zugerannt. Rudi nahm sie bei den Armen. Einige Soldaten begannen zu murmeln und zu lächeln.

"Was machst du hier?

„Ich musste diesen Job annehmen. Das Leben in der Stadt ist sehr schwer", antwortete sie atemlos und sah ihm in die Augen.

„Lass uns gleich gehen! Wir müssen über vieles reden!

„Ich werde versuchen, die Erlaubnis des Besitzers zu bekommen, um zu gehen. Warte ein bisschen auf mich.

Es dauerte lange, bis es herauskam. Ungeduld verzehrte Rudi, der mehrmals im Begriff war, einzutreten und gegen den Schwachkopf zu stürzen, der das Mädchen so festhielt. Schließlich erschien Katia, die ihre Schürze ausgezogen hatte. Sie trug ein einfaches, aber geschmackvolles Kleid, das ihren Charme noch verstärkte. Auf seinem Gesicht waren Spuren von Müdigkeit.

„Ich musste zur Arbeit", erklärte er, sobald sie ein Stück weggezogen waren. Meine Verwandten sind arm und können meinen Vater und mich nicht unterstützen. Wenn Sie nur wüssten, wie ich Sie in diesen Tagen in Erinnerung habe! Du gehst nicht wieder, Rudi?

„Ich hoffe, dass sie uns diesmal eine gute Saison ausruhen lassen. Obwohl wir letztes Mal auch so dachten ... und Sie sehen, was passiert ist.

Sie gingen in den Park, durch den sie an diesem Tag schon so weit gegangen waren. Katia drückte fest seinen Arm. Die Leute sahen sie neugierig an. Der hochgewachsene Grenadier in seiner ramponierten Uniform und die schöne junge Russin waren ein äußerst attraktives Paar.

Sie nahmen in einem Café am Teich Platz. Sie nahm ihn bei der Hand und starrte ihn an.

„Wenn du wieder weggehst", sagte er, „glaube ich, dass ich sterben werde.

Rudi war nachdenklich.

„Ich werde mein Bestes tun, um an deiner Seite zu bleiben, Katia. Ich verstehe, dass in mir eine Transformation stattfindet. Ich bin nicht mehr derselbe wie vorher. Während des Kampfes habe ich dein Bild in meinem Kopf und ich wünsche mir sehnsüchtig, gesund und munter zurückzukehren.

Sie standen auf und gingen langsam weiter. Als sie den Rand des Wassers erreichten, beugte sie sich hinunter, um sich selbst anzusehen.

"Du erinnerst dich?

Rudi nickte. Sie küssten sich leidenschaftlich und pressten sich aneinander.

„Geh nicht", wiederholte Katia schluchzend. Konnten Sie nicht ein Ziel finden, das Sie dazu zwingt, hier zu bleiben? Immer von einem Ort zum anderen, allen möglichen Gefahren ausgesetzt! Es ist Zeit für Sie, sich ein wenig auszuruhen ... Gehen Sie nicht wieder aus, ich bitte Sie.

Das Schluchzen erschütterte ihren Körper. Rudi zog sie gegen sich, und beide verharrten lange Zeit in dieser Haltung, gleichgültig gegenüber der Zeit.

„Es ist Zeit, zurück zu gehen", sagte Katia nach einer Weile „. Ich hatte vergessen, dass ich einen Job habe. Und nachts wird es noch schlimmer so schnell wie möglich. Ich sagte ihm, es sei etwas von äußerster Wichtigkeit, und er stimmte widerstrebend zu. Aber ich kann diesen Job nicht verlieren.

Rudi biss die Kiefer zusammen. Er stellte sich vor, wie Katia stundenlang im Café arbeitete, den Höflichkeiten der Soldaten lauschte und die schlechte Laune des Besitzers ertrug. Es war notwendig, dieser Situation ein Ende zu setzen.

Sie küssten sich lange und gingen los. Sie verabschiedeten sich in einer Ecke in der Nähe des Cafés. Rudi ging zu seiner Unterkunft. Plötzlich hörte er einen Ruf nach ihm. An einem Restauranttisch saßen zwei Grenadiere aus seiner Gruppe.

„Hey, Rudi! Yen auf einen Drink. Wir laden dich ein... Und schau wer da drin ist.

Rudi kam näher. Alf und Bert besetzten einen weiteren Tisch drinnen.

„Was hast du für ein schlechtes Gesicht!" rief Bert aus." Hat dir das Bier schlecht gemacht?

„Natürlich!" fügte Alf hinzu." Er hatte es schon so lange nicht mehr getrunken, dass er es missbraucht hat und die Armen...

„Halt die Klappe, Hölle!", grummelte Rudi und setzte sich auf.

Die anderen beiden Grenadiere näherten sich.

„Wir können zusammen sein, nicht wahr? Es wird kalt draußen.

Das Gespräch wurde allgemein. Einer der Grenadiere begann seine Unterredung mit einem Mädchen aus den Hilfsdiensten zu erklären, das in einem Büro des Generalstabs war und das er schon lange kannte.

"Sie ist ein wunderschönes Mädchen", erklärte er. Mit welligen blonden Haaren und... "Er hat mit beiden Händen eine ausdrucksvolle Geste gemacht." Sie leben hier sehr gut. Sie genießen viele Vorteile und erlauben sich zumindest den Luxus, sauber zu sein... Obwohl es sich dafür nicht lohnt, im Krieg zu sein, oder? Unsere macht viel mehr Spaß.

„Und was macht diese junge Frau?, wollte Bert wissen.

„Sie ist verantwortlich für die Versorgung der über die Stadt verteilten Kantinen und für die Leitung ihres Personals. Er hat mir übrigens erklärt, dass sie im Generalstab unter einem gewissen Mangel an spezialisierten Elementen leiden. Die Front nimmt jeden Tag mehr Menschen auf und den Büros fehlen einige wesentliche Elemente. Der russische Dolmetscher wurde an einen anderen Ort versetzt, und der General sucht nach einem, der ihn ersetzt, ohne ihn finden zu können. Es gibt viele, die sich präsentieren, aber keiner spricht die Landessprache mit der für die Position erforderlichen Perfektion.

Rudi hatte die Ohren gespitzt.

„Hier haben wir unseren Freund Rudi", sagte Bert, „der es wunderbar beherrscht und stattdessen sein Leben damit verbringt, auf feindlichem Boden zu schießen. Welche Gegensätze hat das Leben!

„Was würden sie dafür geben! "Alf hinzugefügt." Aber was wäre die Patrouille ohne seine Hilfe?

Rudi starrte ins Glas.

„Hey, Rudi! Du hast geschlafen?" sagte Bert und drückte ihn am Arm. Wie geht es deiner Blondine...? Weil du es wohl schon gesehen hast.

„Sehr gut", erwiderte der Grenadier kurz, stand auf und machte sich zum Aufbruch bereit. Kommt jemand mit mir?

Alf und Bert standen auf.

"Komm schon", sagte der erste gähnend. Ich habe einen gewaltigen Traum. Ich werde gut schlafen!

Die drei gingen vor ihnen die Straße entlang, ihre beschuhten Stiefel klapperten zu Boden. Rudi, konnte in dieser Nacht kaum schlafen, tausend verschiedene Ideen waren in seinem Gehirn miteinander verflochten. Er konnte deutlich die Worte des Grenadiers hören: "Der russische Dolmetscher wurde an einen anderen Ort versetzt und der General sucht nach jemandem, der ihn ersetzt ....". Was würden seine Gefährten von ihm halten, wenn sie wüssten, dass er vorhatte, sie im Stich zu lassen? Würden sie ihn für einen Feigling halten ...? Nein. Das war nicht möglich. Aber dann tauchte das Bild von Katia auf, lächelnd, mit ihren blonden Haaren und blauen Augen. "Es gibt viele, die auftauchen, aber ....".

Gegen Morgen schlief er ein. Er hatte seine Entscheidung getroffen.

KAPITEL XIX

Am nächsten Morgen ging Rudi, ohne es jemandem zu sagen. Ein Wirbelwind ineinander verschlungener Ideen quälte sein Gehirn. Er richtete seine Schritte auf die Büros des Generalstabs. In ihnen herrschte ein unaufhörliches Treiben. Er betrat die Halle. An einem Schwarzen Brett konnte er die Kopie eines Blattes lesen, das an die Bataillonskommandeure verteilt wurde, auf dem angeordnet wurde, unter den Kompanien Ermittlungen durchzuführen, um die Anwesenheit von Soldaten herauszufinden, die perfekt Russisch sprachen. Diese Soldaten sollten sich zur Untersuchung im Hauptquartier melden. Davon hatte Rudi genug. Er kehrte in die Kaserne zurück. Die Jungen hatten sich in der Stadt ausgebreitet, und nur noch der Wachmann war geblieben.

„Haben Sie den Leutnant gesehen?" fragte er.

„Er war vor ein paar Augenblicken noch hier, aber er ist einfach gegangen.

Rudi wanderte durch die belebten Straßen, versunken in tausend Sorgen. In seinem Herzen kam es ihm wie ein Schurke vor, dies mit seinen Kameraden zu tun. Wie sollte die Patrouille fortan ohne seine Hilfe auskommen? Was würde der Leutnant sagen, wenn er seinen Wunsch mitteilte, die Prüfung abzulegen, um als einfacher Angestellter in Krasnovardeisk zu bleiben? Er, der diese Fauna immer so sehr verachtet hatte! Er war im Park und kam ganz in der Nähe von Katias Restaurant vorbei, allerdings ohne sie zu besuchen. Warum, wenn sie auch nicht zusammen spazieren gehen konnten? Es blieb nichts anderes übrig, als auf die Nacht zu warten.

Mittags kehrte er in die Unterkunft zurück. Die Grenadiere kamen nicht zum Essen. Sie waren in Restaurants geblieben, die bereit waren, Delikatessen zu genießen, die ihnen lange vorenthalten worden waren. Der Leutnant war auch nicht da, Rudi verfluchte innerlich sein Pech. Ihre Nerven drohten zu explodieren. Herumgehalten. Gegen fünf Uhr nachmittags sah er plötzlich Leutnant Wahrenfels eine Straße überqueren. Er ging hinter ihm her, bis er ihn einholte.

„Mein Leutnant!" rufe ich.

Der Beamte blieb stehen. Rudi ging auf ihn zu und grüßte respektvoll.

„Was denn, Junge?" fragte Wahrenfels und tätschelte ihm den Arm. Wie bist du einsam? Und deine beiden Freunde? Bist du nicht mehr die „unzertrennlichen Drei"?

„Mein Leutnant", begann Rudi, „möchte mit Ihnen sprechen.

„Wow, Mann! Worauf kommt dieses ernste Gesicht? Stimmt etwas Ernstes nicht mit dir? Lass uns in diesem Café sitzen.

Sie nahmen an einem Tisch Platz, und der Leutnant bestellte zwei Bier.

„Gut. Erklär es mir. Du scheinst etwas besorgt zu sein.

„Ich bin... Die Wahrheit ist, dass ich nicht weiß, wie ich anfangen soll... Seit einiger Zeit fühle ich etwas anderes. Vielleicht ist es Müdigkeit. Gut. Zusammenfassend: Ich habe eine Anzeige im Generalstabsbüro gesehen, in der nach russischen Dolmetschern gefragt wurde, und dachte, dass ich vielleicht ...

Der Leutnant starrte ihn verwirrt an. Mit so einem Abgang hätte ich nie gerechnet.

„Nun, Rudi", antwortete er langsam und nippte an seinem Bier. Sie haben das Glück, die Landessprache perfekt zu beherrschen, und Sie haben das Recht, Ihre Dienste einer höheren Stelle anzubieten, wo sie von größerem Nutzen sein können als in unserer bescheidenen Patrouille. Ich für meinen Teil denke nicht, irgendwelche Unannehmlichkeiten zu bereiten. Es ist eine sehr persönliche Sache. Sie können sich jedoch sicher sein, dass wir Sie sehr vermissen werden.

Der Offizier stand auf. Ich war aufrichtig schockiert.

„Mein Leutnant. Ich möchte nicht, dass Sie denken ...

"Nichts, Rudi. Ich wünsche dir viel Glück. Du wirst mich über den Verlauf der Prüfung informieren, und falls deine Entscheidung unwiderruflich ist, muss ich dir einen Ersatz besorgen ... Tschüss.

Rudi grüßte. Ein starkes Schamgefühl überkam ihn. Er begann zu laufen, und seine Schritte führten ihn unbewusst zu Katias Café. Es war schon ziemlich spät und die junge Frau würde gleich gehen. Auf dem Gelände tobten und lachten die Soldaten. Rudi wartete in der Ecke. Die junge Frau machte ihm durch die Fenster ein Zeichen. Zehn Minuten später war sie auf der Straße. Sie hielten Arme. Rudi schwieg.

„Was ist los, Rudi? Geht es nicht gut?

„Katia", antwortete er. Du und ich können nicht getrennt leben. Wenn ich wieder gehen sollte, würde ich meine Aufgabe sicher nicht erfüllen. Gestern hat mir ein Grenadier aus meiner Gruppe beiläufig erklärt, dass man in den Generalstabsbüros einen guten Dolmetscher braucht. Ich bin "er lächelte gewaltsam." Ich werde mich vorstellen. Können Sie sich vorstellen, wenn sie mich aufnehmen? Ich würde in der Stadt bleiben, vielleicht bis zum Ende des Krieges. Wir würden uns nicht mehr trennen. Wie wäre es mit? Freust Du Dich nicht?

Katia sah ihn sehr ernst an. Sie gingen lange Zeit schweigend.

„Nein, Rudi", sagte sie schließlich. Es wäre wunderbar, aber Sie können es nicht tun. Was werden deine Mitschüler sagen?

„Was kümmert mich...?

„Nein", wiederholte Katia. Auf Dauer würde man sich schämen, sie aufgegeben zu haben. Sie würden Ihre Entscheidung bereuen und Ihre Wut würde sich gegen mich wenden. Du wurdest zum Kämpfen geboren und wirst bis zum Ende kämpfen. Ich werde auf dich warten, hörst du mich? Ich werde auf dich warten, weil ich sicher bin, dass du zurückkehren musst. TU das nicht.

„Ich kann ohne dich nicht leben, Katia", antwortete er. Ich bin mir sicher, dass es auf Dauer ins Stocken geraten würde, und das ist noch schlimmer. Morgen werde ich diese Prüfung ablegen. Wenn ich Glück habe und sie passieren, bleibe ich in der Stadt, kann mich immer sauber anziehen und höre das Zischen von Kugeln und das Donnern von Explosionen. Ich freue mich auf ein bisschen Ruhe. Glaubst du nicht, dass ich es verdiene?

„Ja, du hast es verdient, aber nicht so.

„Ich habe mir das sehr gut überlegt. Du weißt, ich bin ein bisschen stur. Meine Entscheidung ist unwiderruflich. Nun ... wenn du mich nicht liebst ...

„Oh Rudi!" rief sie aus und drückte sich an seinen Arm." Sag das nicht mal...

Ihr Spaziergang dauerte bis sehr spät. Als sie zurückkamen, gingen die beiden langsam in Ekstase. Katia hatte sich überzeugen lassen, aber tief in ihrem Inneren erwartete sie eine Zukunft voller Bedrohungen. Alles wurde jedoch überschattet von der Aussicht, Rudi jeden Tag sehen zu können. Sein Bild schmiedete schöne Bilder für die kommenden Tage, in denen beide ohne das ständige Risiko einer Trennung gehen konnten.

In seine Kaserne zurückgekehrt, blieb Rudi an der Tür stehen und wagte kaum einzutreten. Wie würden Sie Ihren beiden Kameraden die Nachricht mitteilen? Würden sie ihren Sarkasmus nehmen oder ihre Situation in die Hand nehmen?

Alf und Bert machten sich fertig, um ins Bett zu gehen. Rudi zögerte lange. Endlich sagte er:

„Ich muss mit euch reden.

„Ist es etwas Ernstes? Fragte Bert. Dein Gesicht verheißt nichts Gutes.

„Ja. Das ist etwas Ernstes. Ich habe beschlossen, hier zu bleiben.

Beide sahen ihn verwirrt an.

„Mir schien", kommentierte Alf „dass die Sache mit der Blondine nicht gut enden könnte.

„Nenn mich einen Idioten, nenn mich einen Feigling oder was immer du willst, aber ich kann ohne diese Frau nicht leben.

„Und wo bleibst du...? Aber ich falle schon!", rief Bert aus. Im Hauptquartier brauchten sie einen großartigen Dolmetscher... und du dachtest, dass deine Dienste dort unverzichtbar sind. Klar! Wer weiß Russisch wie Rudi?

„Ich verstehe, dass Sie sich über mich lustig machen. Aber ... das passiert dir Park du warst noch nie verliebt.

"Nun, sei sehr glücklich mit deiner Katia", sagte Bert "und viel Spaß in der Stadt ... Wir fahren morgen Nachmittag ab.

„Was, fährst du morgen?

„Vor einiger Zeit hat uns der Leutnant davon erzählt. Es scheint, dass die Front mobilisiert und alle verfügbaren Kräfte benötigt werden. Wir wissen nicht, ob es der letzte Angriff auf die Stadt ist, aber wie Sie sehen, konnte unser berühmter Bruch auch diesmal nicht erreicht werden. Ich meine ... für dich, ja.

Rudi war nachdenklich. Er streckte sich auf seiner Matte aus und versuchte zu schlafen, aber es gelang ihm erst zu später Stunde. Bert und Alf schnarchten leise in einen tiefen Schlaf.

KAPITEL XX

Rudis Test war ein voller Erfolg. Ein spezialisierter Oberst der Informationsabteilung zwang ihn, sich an einen mit Papieren übersäten Tisch zu setzen. Rudi las einige Texte vor, die er dann übersetzte. Dann umgekehrt. Endlich stand der Oberst auf und sagte zufrieden:

„Sie sind bis heute der Erste, der hier mit genauen Sprachkenntnissen auftaucht. Bleibt nur noch der Aussprachetest. Wenn dies perfekt ist, ist das Quadrat für Sie.

Er schickte nach einem russischen Angestellten in den Büros.

„Kannst du eine Weile plaudern?" sagte er ihnen.

Der Russe und Rudi führten ein kurzes, schnelles Gespräch. Der Russe nickte überrascht.

„Monoga jarosi. Monoga jarosi", sagte er schließlich und wandte sich an den Leutnant. Und er fügte in gebrochenem Deutsch hinzu". Er spricht perfekt Russisch.

„Zu welcher Einheit gehört es?

"Der Spähtrupp Wahrenfels ist vom zweiten Bataillon des dritten Regiments betroffen", antwortete Rudi.

„Die Patrouille hat jetzt Ruhe, oder?

„Ja, mein Oberst. Obwohl es so aussieht, als würden sie heute an einen anderen Ort gehen, der näher an der Front liegt.

"In der Tat. Einheiten werden für eine größere Operation mobilisiert ... Gut. Am frühen Nachmittag wird der Versetzungsbefehl ausgestellt. Wenn Sie jedoch Ihre Meinung ändern, treffen Sie die Entscheidung, die Sie für am günstigsten halten ... Das sage ich Ihnen, weil Grenadiere mögen bürokratische Aufgaben in der Regel nicht sehr, und es kann sein, dass Sie sich etwas voreilig verhalten haben.Wenn Ihre Begleiter es vorziehen, mit ihnen zu gehen, tun Sie dies. Wenn Sie nicht erscheinen, werden wir die Untersuchungen fortsetzen" und der Oberst seufzte resigniert.

"Ich komme, mein Oberst", versicherte Rudi. Meine Entscheidung ist gut überlegt.

„Guter Junge. Auf Wiedersehen.

Rudi richtete sich steif auf und ging auf die Straße. Eine Mischung aus Freude und Traurigkeit erfüllte sein Wesen. Einerseits die Aussicht, an Katias Seite zu bleiben; zum anderen der schreckliche Moment, als er sich von seinen Freunden und dem Offizier verabschiedete, mit dem er bis dahin die Nöte und Nöte eines harten Feldzugs geteilt hatte.

Mittags trafen sich die Grenadiere in der Kaserne. Sie mussten wachsam bleiben, bis der für den Transport zuständige Lastwagen eintraf. Die Mannschaften wurden wie üblich in Reihen gestapelt, und der Leutnant gab einen kurzen Rückblick. Der "Feldwebel" befahl den Grenadieren, die Umgebung nicht zu verlassen. Gegen Mittag traf ein motorisierter Verbindungsmann ein, der nach dem Grenadier Rudi Mainz fragte. Er hatte den Überweisungsauftrag vom Hauptquartier. Rudi las es und ballte es dann mit der Faust. Ein Sturm tobte in seiner Seele. Er ging in einem Zustand ungeheurer Anspannung durch das Haus. Alles hing von einem einzigen Wort ab. Der Leutnant und seine beiden Freunde wussten bereits, was seine Entscheidung war. Vielleicht wäre es besser zu verschwinden, ohne sich zu verabschieden. Später begründete er seine Haltung mit einem kurzen Brief. Die anderen Grenadiere wussten nichts.

Er sah, wie alle damit beschäftigt waren, ihre Waffe zu reinigen. Er würde es nicht mehr tun müssen. Seine "Maschinenpistole" würde ins Lager geliefert. Warum wollte er eine so tödliche Waffe in dieser Stadt, in der nur Landsleute und beurlaubte Soldaten zirkulierten? Er dachte an Katia, aber die Gestalt der jungen Frau war jetzt in seinem Gehirn verschwommen, als gehöre sie der Vergangenheit an.

Er stellte sich sein Leben im Büro vor, an einem Tisch voller Papiere, deren Inhalt er entziffern musste. Von Zeit zu Zeit könnten sie ihn einige Gefangene verhören lassen. Seine Existenz würde inmitten einer wunderbaren Ruhe abgleiten. Der Alltag würde irgendwann seine Sinne verkümmern und sie würden nur noch beim Anblick und Kontakt seiner geliebten Katia vibrieren. Eine Existenz eines Bürgers, die mit dem Krieg nichts oder fast nichts zu tun hätte.

Unterdessen würden seine Gefährten die harten Einfälle in feindliches Terrain fortsetzen. Sie würden Sprengladungen an den vom Kommando angeordneten Orten platzieren. Sie würden wie Löwen auf die Wachen herabstürzen. Sie würden Festungen sprengen und Kommandoposten überraschen. Seine Nase nahm ständig den Geruch von Schießpulver auf. Sie duckten sich vor dem Schein der Raketen und lauschten dem Donnern der Artilleriegranaten, die über ihre Köpfe glitten, um ein wenig weiter in blendenden Flammen zu explodieren.

Wenn er sie gehen ließ, konnte er in gemächlichem Tempo zum Hauptquartier gehen, sich dem Oberst vorstellen und verkünden, dass er die Stelle annahm. Der hohe Boss würde ihm am nächsten Morgen sagen, wann er seinen Job antreten würde. Dann würde er spazieren gehen, in einem Café sitzen und Bier bestellen, er würde ruhig auf die Zeit warten, um Katia zu treffen. Heute Abend konnten sie das Ereignis mit einem gemeinsamen Abendessen feiern und dann sogar eine Filmsession im Soldatenheim besuchen.

Er sah auf seine Uhr. Es war halb sechs. Die Dämmerung war schon sehr nahe. Zu dieser Zeit nahm die Arbeit in Katias Café zu. Er stellte sich vor, wie sie von Soldaten umgeben war, ihren liebevollen Worten lauschte, sie anlächelte, weil es notwendig war, vielleicht ihre Freundlichkeit akzeptierte.

Mit einem plötzlichen Ruck zog er die Bestellung aus der Tasche. Er hat es noch einmal gelesen. Er warf einen Blick auf die Kaserne. An der Tür standen einige Grenadiere. Er konnte nicht gehen, ohne sich zumindest vom Leutnant zu verabschieden. Angefahren. Der Offizier kam und ging und gab einige Befehle. Rudi ging auf ihn zu.

„Mein Leutnant", sagte er. Ich habe bereits einen Überweisungsauftrag in der Tasche. Meine Entscheidung ist gefallen.

Ich bleibe im Hauptquartier. Schließlich können meine Hausaufgaben dazu genauso nützlich sein wie in der ersten Zeile.

„Das weißt du gut, Rudi. In der ersten Zeile warst du unentbehrlich. Hier gibt es mehr Mittel. Früher oder später wird der Oberst einen Soldaten finden, der die Landessprache mit der von ihm verlangten Perfektion beherrscht. Stattdessen wird der Patrouille ein unschätzbares Element vorenthalten... und zwar nicht nur, weil sie Russisch sprechen, sondern aus vielen anderen Gründen. Jedenfalls habe ich dir gestern schon gesagt, dass ich deine Stimmung nicht beeinflussen wollte. Ich möchte Ihnen jedoch sagen, dass wir Sie, wenn Sie es jemals bereuen, begrüßen werden, als wäre nichts passiert. Als ob Sie aus dem Krankenhaus zurückgekommen wären, nachdem Sie eine Wunde geheilt haben.

„Verabschiede dich von Bert und Alf. Ich hätte nicht den Mut, es selbst zu machen. Sie waren für mich die besten Kameraden der Welt... Ich weiß nicht, was sie denken werden, aber wir müssen uns trennen.

„Das werde ich, Rudi. Und Sie können sicher sein, dass sowohl sie als auch ich uns um Ihre Situation kümmern.

Der Leutnant streckte die Hand aus. Rudi schüttelte es fest.

„Auf Wiedersehen, mein Leutnant", sagte er salutierend.

„An deiner Stelle würde ich sagen ... Auf Wiedersehen.

Der Beamte drehte sich um und betrat das Gebäude. Rudi begann seinen Marsch zum Hauptquartier des Hauptquartiers. Er hinterließ ein ganzes Leben, von dem er unter anderen Umständen um nichts in der Welt getrennt worden wäre.

Er ging fast im Dunkeln durch die Gassen. Nach einer Weile kam er auf eine der Hauptstraßen. Am gegenüberliegenden Ende befand sich das Gebäude, in dem er fortan wohnte. In tiefer Traurigkeit ging er den Bürgersteig entlang. Plötzlich hörte er hinter sich das Geräusch eines Motors. Ein Militärlastwagen näherte sich mit mittlerer Geschwindigkeit und wich den Karren der einheimischen Bevölkerung aus. Durch die Windschutzscheibe konnte Rudi das bekannte Gesicht von Leutnant Wahrenfels erkennen.

Ein plötzlicher Ruck erschütterte ihren Körper, sie betrachtete das zerknitterte Papier in ihrer Hand; er versteifte sich. Plötzlich hob er einen Arm. Der Lastwagen wurde langsamer.

„Warte auf mich!" schreien.

Der Leutnant lächelte. Er bremste das Fahrzeug ab. Rudi rannte wie ein Besessener. Er sprang auf und stieg hinten ein.

„Wo warst du?" Ein Grenadier hat es ihm gesagt." Wir dachten, du wärst verloren.

„Ich war fertig", antwortete Rudi, als der Truck wieder anfuhr. Aber ich habe meinen Weg wieder gefunden.

Der Truck wurde in der Ferne kleiner, in eine Staubwolke gehüllt, auf dem Weg nach vorne, Gefahr ... und Ruhm.

ENDE

www.ingramcontent.com/pod-product-compliance
Lightning Source LLC
Chambersburg PA
CBHW022141150726
47992CB00002B/708